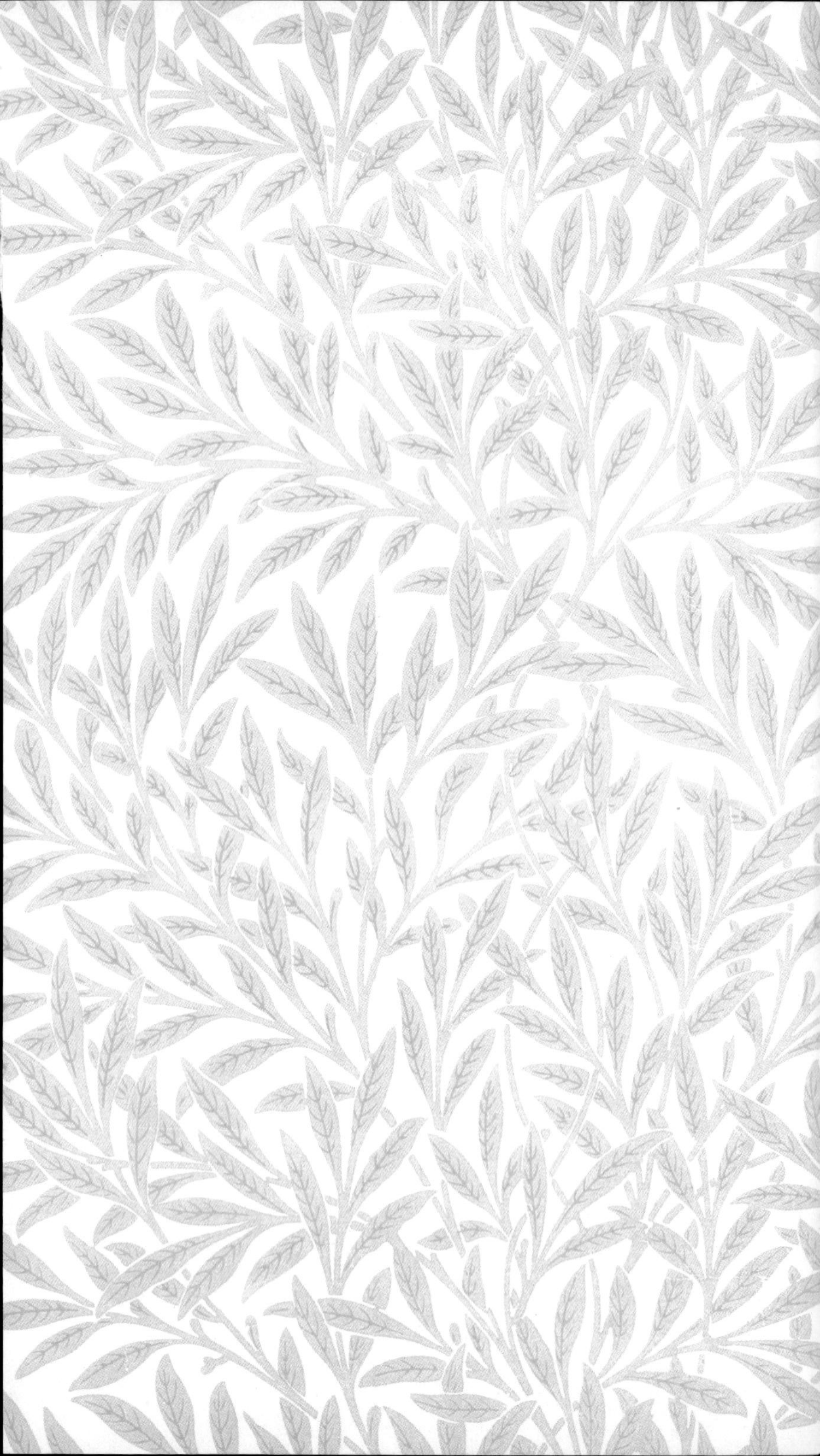

三民叢刊154

飄泊的雲

莊因 著

三民書局印行

酒蟹主人饕餮客

余光中

去年底我曾有回川之行，在眉山縣三蘇祠的門口看到這麼豪氣的一付對聯：「一門父子三祠客，千古文章四大家」。在文藝史上，一門三傑如沛郡的三曹、眉山的三蘇，以其罕見，千古傳為美談。但是像北京莊府這樣一門而有五傑，其家學之盛，在當代的文藝界，恐怕也是創記錄了。

莊家四兄弟之中，我最早認識的不是莊因，而是他的三弟莊喆：那是由於我和五月畫會的因緣。隔了幾年，我才認識莊因，那是因為他娶了夏家的女兒，成了林海音的快婿。至於他們的么弟莊靈，也是稍後才認識的，而長兄莊申，則迄今只匆匆會過一面。莊氏四傑在文藝界多采多姿的成就，用莊因自己在〈飄泊的雲〉一文中的話，是「大哥鑽研美術史，我投身文學及生活藝術，三弟浸染於純藝術繪畫的無盡溪河，而四弟在攝影的光彩中尋找人生的真髓。」

莊因把自己定位於「文學及生活藝術」。他的文學創作始於小說而轉為散文，至於所謂「生活藝術」究何所指，他並未說明。莊因在〈第三枝筆〉一文中自述小時受父親薰陶，自然而然親近毛筆，學起書畫來，書法轉益多師，畫則私淑豐子愷。這書畫二道，加上詩詞，進可發表，退可自娛，夠文人俯仰一生的了——也就是他所謂的「生活藝術」了吧。

尚嚴先生是著名的書法家，以瘦金體見稱，又是詩人，著有《適齋詩草》。莊因的生活藝術顯然來自家教庭訓，其實他前半生的經歷，從安順到重慶再到南京，然後渡海來臺，先住臺中，再遷臺北，依循的也正是他父親辛苦守護故宮文物的播遷軌跡。影響莊因一生至鉅的，當然是他的「嚴父」。也因此，這本《飄泊的雲》第一輯六篇散文，全是對父親的追念。這父親不是別人，而是故宮博物院的主管，中國數千年文物的守護人，也是傳薪人，把中國文化的國寶像家寶一樣傳給了他們四兄弟。

整本《飄泊的雲》五十二篇散文的基調，正是懷古、懷舊。這些文章訴說的不論是壯年懷友、海外懷鄉、或是舊地重遊，要皆是在懷舊。〈飄泊的雲〉一文記小時常聽父親說：「世間沒有多少人有你們這樣的福澤，可以幾乎終日與中國幾千年的文物藝術精品切磋。」故宮文物的背景既然足以培養少年莊因懷古的幽情，今日莊因的事事懷舊、處處守舊，而且對於老境逼人而來分外敏感，當然是其來有自。

在這些文章裏，作者的自畫像是一位詩酒風流、書畫自遣、飄零海外的名士，雖然嚮往道家的豁達瀟灑，卻無法解脫濃厚的鄉愁，地理的也是文化的無盡鄉愁。在〈年的影子〉一文中，他神往於童年最感性的習俗：「耶誕老人穿紅，中國人過年也得有紅。春聯、蠟燭、鞭炮、裝壓歲錢的紅信封套……尤其是鞭炮，有色有聲，最不可少。」他最擔心的是這些良風美俗終將淡出，「北京的中國人再過些日子，難保不會在年三十除夕夜吃漢堡包。」

典型的中國名士無不嘴饞，莊因正是如此。他把自己的加州寓所題為「蟹酒居」，一副老饕沾沾自喜的得色，饞相可掬。海外的中國人為解鄉愁，形而上者不妨寄情於詩詞書畫，學名士之風流，形而下者最直接的快慰莫過於吃，饜饕餮之食欲。莊因既以蟹酒為居，腹中當然有饞虫蠕蠕，因此這本《飄泊的雲》裏，寫朵頤之快的段落特別來勁。

吃在中國文化裏，當然是極為生動的要目。在這方面，我必須坦承自己的文化修養淺薄得可以，甚至近乎崇洋，不但喝茶是喝「黑茶」(black tea)，而且二十多年來的早餐，絕少例外，吃的全是牛奶泡玉米片。中國的山珍海味或是年節的應景糕點，我當然也食之津津，但要細品高下、詳究淵源，更別提烹調之道，我就茫然了。因此讀到唐魯孫、逯耀東談論食道的文章，我就會惶愧不安，倒不是艷羨他們的口福，而是佩服他們的內行。

莊因旅美逾三十年，但他的炎黃腸胃迄未歸化，每次「進城」去舊金山，不外「是去唐人埠採辦日用食品。舉凡五花豬肉、時新菜蔬、皮蛋海鮮、生猛鯨魚、細粉辣醬、瓜子花生(帶殼的),每次拖帶了摺疊的採購推車去,都滿載而歸。」在〈曬太陽記〉一文中他又說:「中國的蘿蔔拌海蜇皮、涼拌黃瓜、小葱拌豆腐……等等,加上一點香油、若干鹽和醋,味美可口,吾所欲也。」然後他花了兩百字的篇幅詳述美國人的生菜沙拉如何取材、如何調配,結論是這種洋味的涼拌黏糊不爽,「然則,滯番已久,也勉強品過了。」

最令我感到有趣的,是莊因這「假北京人」跟真北京人舒乙(老舍的公子),如何隔著偌大的太平洋,魚來雁往,討論年菜傳統的式微。真北京人告訴對海的假北京人說:「年菜也改良了,一不做那麼多;二只偏重清淡可口的,大魚大肉基本上免了;三則大聚餐轉移飯館了。我們家年三十只吃點素餡餃子和年糕。」假北京人一聽,急得說:「大魚大肉免了,還像過年嗎?咱們喜慶有餘的說法又怎麼表示?年夜飯只吃點素餡餃子,元寶(餃子)不是成了土塊石子麼?」

舒乙又在信上告訴莊因:「我們只準備了幾樣傳統年菜:老夫人操作芥菜墩兒,太太操作小酥魚兒,我操作燜二冬——冬笋冬菇。此外,三人合作了果子乾兒和臘八蒜。沒有野雞了,我本來想露一手野雞丁炒醬瓜,那是一道年節名菜。免了,臨時用雞胸脯代替了。」

看到這兩個真假北京人如此認真地一吁一歎,哀舊俗之不再,真覺得一對老饕又可愛又可哂。漢堡包篡了中國年菜的位，是中菜遺老們最難堪的「世變」。時代變得太快，許多舊俗相繼無可奈何花落去，乃令海外的文化遺老們「生年不滿百，長懷千歲饞」。其實莊因之饞正是對中國文化之飢渴，亦即喜劇化之鄉愁。晉朝的張翰有感秋風之起，思念故鄉的蓴羹鱸膾，乃辭官歸吳。我不知道他的辭呈上有沒有提到蓴羹鱸膾，希望是有，因為那真是世界上最瀟灑最動人的辭職書了。足見嘴饞是鄉愁最明確的症狀。

莊因在文章裏念茲在茲，不是中國的吃，便是中國的詩詞書畫；舊地重遊，追尋的也無非是故居、前塵。在〈振衣千仞崗的時代〉一文中，他最孺慕的也是那些藍布大褂的老師宿儒。其實說來說去，萬變不離的一大母題只是鄉愁，地理的更是文化的鄉愁。其源頭，正是以父親為導體、以故宮文物為傳媒的華夏傳統。

莊因的一大矛盾也在於此。他一再自稱在美國的歲月是「棲遲」，其實他一半的日子都在海外，早已棲定，安於定居了。他和白先勇、莊信正等人的長年居美，乃是自我放逐，與劉賓雁、方勵之等的他放不同。然則秋風年年，蓴鱸飄香，饞嘴的遊子何不命駕歸吳呢？問題是：鄉愁雖苦，卻是文章情思之所源，一旦歸吳，鄉愁既解，寫作的原動力也就消滅了。在美國「棲遲」下去，鄉愁的壓力固可長保，但是過於感性、過於情緒化的鄉愁也會導致題材的重複與狹窄，這正是所有滯美華人作家都面臨的困境，莊因也不能免。

在〈不了緣〉一文中，莊因自述初寫小說，後來「揀拾異域生活餖飣，改寫散文。」其實這本《飄泊的雲》裏的文章大半是在懷古憶舊，鄉愁濃得化不開，即使寫到眼前的生活，也撥不開千絲萬縷的憶舊情結，所以真正描寫居美現實的文章也只得〈療牙心得〉、〈牙齒穿鞋〉等少數幾篇。由此看來，「生活餖飣」之言確乎不虛，但是「異域」卻不多見。作者居美逾三十年，這麼持續的豐富經驗應可提供豐富的題材，若是背著這一座經驗之礦，一味回顧少年的往事，就會陷入題窮語重的困局，演成「蜻蜓吃尾巴」的現象。所以如何開拓題材的新疆，應為散文家莊因的當前要務。也因此，這本《飄泊的雲》主力所在，不是「異域生活的餖飣」，而是談吃的妙文，例如〈魚事記餘〉、〈珠玉在盤〉，或是記人的佳作，例如描寫父親、岳母、吳魯芹、鄭清茂等幾篇。

《飄泊的雲》在寫作歲月上前後幾近二十年，而以九十年代的前半期所寫較多，所以語言的風格頗不一致。不知是否作者有意改變文風，實驗新體，其中有些文章似乎不如十多年前的名作〈母親的手〉、〈午後冬陽〉、〈衣履篇〉等那麼流暢自然。

此外還有一些細節或須再加斟酌。例如「中日抗戰」一語書中數見，其實由中國的立場看來，那是抵抗侵略的戰爭，才叫「抗戰」，但是中日之間卻是戰爭，不宜逕稱抗戰吧。又如「每天接觸的是山光月色、流水斜陽」一句，斜陽恐非日日可見，至於月色，則更有盈虧望朔，絕非夜夜當空。〈十億零一〉中引〈赤壁賦〉之言，說「十世紀前的蘇東坡覺得如此」。其實壬戌之年為西曆一〇八二年，距作者寫〈十億零一〉的一九九三年，只得九百十一年，恐怕不能逕稱「十世紀前」。凡此細節，尚望再版時能加修正。

一九九七年最後一日于西子灣

飄泊的雲　目次

酒蟹主人饕餮客　余光中

第一輯／父親的詩

第二輯／走過從前

第三輯／一片冰心

第四輯／十億零一

第五輯/旅夢捕影

第六輯／坐享知音

第一輯

父親的詩

父親的詩

去夏大哥來美，參加亞利桑納大學及亞利桑納州鳳凰城博物館聯合舉辦之「清代藝術國際研討會」。兄弟闊別數載再見，快慰之極。大哥有意將老父生前詩作整理出版以為紀念，把鈔寫謄清的工作責成給我。我認為這是很有意義的一件事，當即領命。

可是，海外生活雖云孤寒，忙碌仍所不免。我一直想找幾天清暇，一氣呵成，完成囑託。但以事多因循下來，鬧到年假時分才算了願。

父親的詩集，他自己生前定名為《適齋詩草》，是繕寫在日本東京神田區頗負盛名的書店「三省堂」，於昭和十四年十月一日印刷發行的隨想日記簿上的。父親當年負笈日本東京帝大，對日本文化長久心存喜戀，他把自己的詩集繕寫在日本印刷的隨想記事冊中，也是有著一種特殊的懷念的知覺的。如今昭和年號已改，而父親謝世亦瞬將一十三載，物是人非，能不有感。我在去年聖誕之夜自友人家中慶節返家，俟妻小入寢，書房獨自伏案，展讀老父生前詩作。隨手翻看，屋外寒意隨著雨聲叩窗。孤燈下，跟伴著父親詩作所著年月，此心一下子歸回到半世紀前抗戰時期逃難各地的片段歷史之中，竟然熱淚盈眶了。

父親錄詩所用的這本隨想記事冊，是用台灣「中光老茶莊」的紅色包裝紙妥善包起的。抗戰時期在貴州，當時物資艱困，書籍都是用粗草紙印製，糟軟易破。新書如不加裏封，翻閱一遍就屍骨不全了。所以，當時父親每於買來新書，必然自行用舊報紙或其他較硬紙張隨手包裝。我們學校用的教科書亦是一樣，每年開學註冊自學校攜回課本後，就由父親率領在一張四方桌前坐下，教導並告示我們兄弟三人（那時四弟莊靈尚幼，還沒入學）要如何善待書冊。母親必於斯時送來一碗剩飯，權當漿糊用。故包書乃是安順縣東門坡北平莊氏之家的盛事。

《適齋詩草》所錄詩作二百餘首，字跡工潦不等。所錄始自民國六年（丁巳）其初學詩作迄於民國六十五年（戊午）的病故前四年。內容包括大學生活，故宮文物運英倫展覽，抗戰流亡（黔川時期），勝利還京，渡海遷台（台中霧峯，台北士林外雙溪）及文物赴美展覽，任教東海大學綴以致仕退休。前後一共六十一年。倘以古人「人生七十古來稀」來況論，這也可以說是他一生的自傳了。

綜觀父親一生，憂時愛國（比方說，他在民國八年，尚未投入大學之前，便已寫出：「一鞭應著祖生先，每對流光嘆逝川；惆悵夜深還未睡，聞雞起舞月當天。」及「此身與世有何牽，又見滄桑在眼前；我有憂時心不死，一燈獨對未成眠。」〈不寐有感〉二首），但又一直懷有道家逍遙的冥想。入世與出世的矛盾思想，渾虯難分。而父親一生所逢的正是亂世，加以日本侵華（偏偏他早年又留學日本），國共齟齬，到最後異鄉含恨以終。他的儒家為君為國的體用精神非常完備，對於「忠」「信」的誠篤，也無可厚非。但這種盡忠固守的志向，在亂世便很容易受到斲傷，於是道家達生逍遙的立說又對他發出了呼喚以求自解。可是，基本上父親是一個清白守正的儒生，他的一生襟抱似都未能全其志的在工作上求得證明。而在另一方面，他本可自解逍遙，不必自苦長嘆，但他又不能真的逍遙，枉自一生與山水田園自然生活，卻永遠不能似一片出岫的雲，漫遊飄逸。陶淵明一生是「冰炭滿懷抱」的，這也正可以用來描述父親的一生。而父親的一生，為「情」所困長久，他不能真的瀟灑不羈，任情縱橫肆意。儒家的重倫令他自囿，却又不能忘情，竟為情所苦，一生無告。我在整理父親的詩作中，不意發現了他這層生前一直藏匿於心靈深處而從未為人知悉的隱痛。

父親在我的印象中，由於抗戰以來流浪播遷，生活無定，加以政局動亂，都加深加重了他的日常表現的嚴肅面。我們兄弟四人（沒有姊妹異性的調適當是很大的原因）幼時經常扭打成一堆，而往往是在父親揮起的手杖之下解散的。父親平時對日常生活的小節言行甚是注意，小時吃飯，碗筷的放設及吃相的注重都是他仔細關切的。但是在他不是對我們深沉嚴苛的時候，卻又是極為溫細和柔的了。比方說，我們兄弟四人夜睡一榻，父親會於次日早晨輕輕偷偷抓搔我們伸展在被褥之外的腳心。

父親的詩作中，絕大部分是抵台以後，自中年後期步入晚年終至過世的這三十多年中的積累，約計逾百首。在他晚年的詩作裏，極喜「自然」描述，並不嚴格恪守詩律，這也就好似雲之出岫一般，行雲流水，任其散飄。他作於民國五十四年十二月，在故宮文物奉政府命令北遷台北外雙溪後，題為〈留別霧峯洞天山堂題壁〉七古一首，最能表示出他的這種「自然」的意趣，也正可以描寫他心中一直渴念著的逍遙生活：「人生到處應何似，行雲流水聽自然。隨遇而安尋常事，縱浪大化任周旋。」這四句不就是他心嚮往之的自然生活麼？又如〈士林外雙溪山居即景〉一首，說「君有閒情來小坐，看雲聽水喫苦茶」，都可狀繪父親老年圖盼平和心安的用意。「屋外行散千百步，窗前臨帖四五篇。一壺酒，一支菸。人稱老莊活神仙」，這闋作於民國六十四年（乙卯）的〈漁歌子〉詞，也就是他老年的自畫像了。又如民國六十五年八月十二日枕上偶成七絕一首：「天廚名肴傳天府，尼罕寧默哈庫他。美酒和成甜不辣，太可惜呀回到家。」他在詩末遊戲筆調的題識中這樣寫：「申兒由墨西哥返港（大哥莊申當時任教香港大學美術系），過台省視二老。（莊）伯和宗弟即將去日，特邀臺靜老及家人小聚天廚菜館。此菜館係台北北式名菜館，有特菜名『尼罕寧默哈庫他』。據云，係滿洲語之音譯也。名稱及烹調法均傳自故宮滿文檔案，實即紅燒牛肚也。余以糯米酒和入金門大麵，味甘甜，戲名之曰『甜不辣』。甜不辣者，日菜『天婦羅』之音譯漢文。太可惜者，計程車(taxi)之英語音譯也。此詩妙語天成，不可以醬油。他、家二字，雖非同韻，吾不顧也。」完全可以清楚看出父親晚年那種「人稱老莊活神仙」的自得自怡。

但是，父親真的是那般自得坦懷嗎？這答案便是否定的了。我在前面說，父親是一個多情種子。人只要情多，自然難免會為情所苦所困。父親的「情」，若用一個最為通俗的詞來說，便是「懷舊」。無可諱言的，在父親的詩作中類屬這個主題的，便占了相當大的比例。他的家國之思，是非常令人腸熱的。比方說，關於「重陽」的詩作，竟多達十首以上。登高臨風望遠，那也就是懷念家園鄉關故國了。我認為父親一生最大的遺憾，便是浮海去台，作客他鄉而竟未能親見九州一統。倘使他再能多活數載，我認為，即便他在有生之年仍不能親見家國重光，但至少可以乘機回歸故國故里，重溫舊情，不必含恨以終了。他在民國六十年六月八日，七十三歲生日那天〈口占自壽〉的七絕：「天上有機奔月，人間無地埋憂；浮家竟成新客，夢中重返幽州。」寫的真是關情淒切（按，他在此詩復自注云：美利堅合眾國正以太陽神火箭送人登月。台灣土著多來自閩粵，自粵來者謂之客家。三十七年大陸易色，中原人士大批湧到，吾戲自稱「新客家」）。以「人間無地埋憂」對比美國國力之強碩，科學新文明之精進，來襯托自己的老來無奈，隔海相望，卻有家歸之不得，於是也只好以「夢中重返幽州」（幽州者，指北京也。父親早年相當長遠時日在北京度過。大學生活，畢業後任職故宮，結婚，文物赴英展出，得大、二、三三子，止於七七抗戰爆發倉卒離去，而從未再返）來自慰一番了。母親四十五歲生日，父親曾以小詞〈西江月〉相賀，其中有「三十年來伴侶，八千里路同還。庭前玉樹自欣然，無忘松花江畔」句，更可以表露他的戀舊情懷。父親母親都原籍東北。母親生於吉林，松花江即是伊的故鄉。「無忘松花江畔」一句，該是多麼盪氣迴腸的心語啊！

我在謄鈔父親詩作的那晚，鈔至民國五十三年十一月，我應澳洲墨爾本大學之聘行將首途，特自台北乘夜車趕返台中霧峯北溝洞天山堂向二老辭行，父親與我飲酒三杯之後即席賦詩贈我（詩曰：「水擊三千里，飛行一日航；丁寧無別語，祇道早還鄉。」）的時候，竟不禁淚潸潸然下了。二十八年彈指過了，老父物故也已十三載，而我此時也將近當年父親的年歲了，卻仍人在天涯。「祇道早還鄉」，鄉在何處？

第三枝筆

1

古代的讀書人，一大半以上是所謂「文人」。有些更才兼書（書藝、文章）畫。詩詞文章、丹青潑墨，所用工具都無非一枝毛筆。不過，這樣的說法，對今人而言，就有未妥之處了。現代的讀書人，學有專精，各行各業，固不一定可以同時享有「文人」的雅稱；即使能夠身兼「文人」的，也不一定是才兼書畫了。此外，工具的殊異，也使得書家、畫家和作家各領風騷，不宜用一句含糊的「舞文弄墨」來形容。

我自己呢，身為今人，更巧的，也算得上是個既寫文章，又習書藝，更兼繪事的典型「文人」。我喜歡寫，常寫；我喜愛書藝，但不那麼「常」；我也喜歡畫，卻止於偶一為之，屬於「遣興」的那種。雖不能說是才兼三者，卻比古代文人強，因為我握有兩枝不同的筆，用鋼筆寫文章，用毛筆寫字作畫。可惜都不精，倒是名副其實的「舞文弄墨」了。

其實，嚴格說來，我仍不宜以「典型」文人自命。典型文人的形象是落拓、任性、狂傲，有時還有幾分酸腐，而且不一定有固定工作職業。我是有固定工作職業的，我在大學教書。杏壇也須用筆，是粉筆。這樣說來，寫文章是副業，而寫字和作畫則是副業的副業。我擁有三枝筆了，依序是：粉筆、鋼筆、毛筆。

說起第三枝筆，與我真是有著大半輩子的不解之緣，似乎應自抗戰話說從頭了。

2

七七抗戰那年，我不足四歲。逃難後方，自北平輾轉到了貴州，算是粗定下來，我已經六歲了。入學之後，學習所用工具之一的筆，就是毛筆——大小楷各一枝，戴著銅筆帽，每天跟墨盒一塊兒躺在書包裏。那時候雖說也有鉛筆和鋼筆，但是在偏僻的高原上，是不易見的；而且奇貴，也用不起。再說，當時物質條件太差，一般用紙粗糙不堪，且糟軟易損，硬筆一寫就破，鉛筆和鋼筆就是有了也無用武之地。就這樣，雖然每天為筆墨弄得狼狽已極，每日廝磨，卻也日久生情，完全不像今天的學生，以毛筆為苦為患。那時候，自己寫的字雖然不成樣子，我卻注意到父親可以用毛筆寫得一手漂亮的小字，他寫日記、作箚記、在書冊上加眉批、批改學生作文，甚至記賬，字跡都那麼秀逸多姿，就益發增加了我對毛筆的敬佩，也從此種下我喜愛它的基因。

但是，真正讓我領略到毛筆的神韻和妙處，還是抗戰末期住在四川巴縣鄉下的時候。

民國三十三年冬天，故宮存放黔中古物移運入川，一直到三十五年再遷重慶待命還都，我們住在一個世外桃源叫做「石油溝」的山窩子裏。青山環抱，一水長流，除了隔溪的幾戶民家外，剩下的就是山光月色、茂林修竹和鳥語風聲了。由於沒有學校可上，在家除了嬉戲、打架、爬山、下河和自己看書以外，藉古物抽查曬晾之便，就跟著似懂非懂地瀏覽歷代文物菁華。瀏覽之不足，父親給了我們兄弟以較好的紙和筆，於是就粗枝大葉的畫將起來。那時，故宮兩位職員劉峨士先生和黃居祥先生都善畫，劉先生是北平藝專畢業，擅長國畫，且很有才氣；黃先生是畫民俗畫的，用色鮮活，屬於寫實的人物畫，各業生活百態都躍然紙上。我從旁觀看他們作畫，對於握筆、運筆、收放疾徐、濃淡皴染以及構圖佈局，都有了一點基本概念。父親也給了我們一本《芥子園畫譜》，便時而臨摹一下。

那樣諧和安靜可喜的環境，對於一個在發育中十一、二歲的孩子來說，產生了以後個性上相當重大的影響。越接近自然，我就越對人世凡是破壞和諧寧靜氣氛，或與自然不調的事物和現象，不能忍受，甚至於憎惡。這當然還可以回溯到貴州那五年更早的歲月中，留在安順縣城南十里外華嚴洞鄉野的無數足跡。六年的大自然洗禮，特別是最後這一年，沒有驚恐、沒有悲哀、沒有痛苦、沒有殘酷、沒有逃避、也沒有雜念和遺憾的真正單純生活，對我童稚的心靈發生了拭鑑作用。我在戰火中長大，也就因此深惡痛絕人間最醜陋的破壞和諧寧靜氣氛及自然的東西——戰亂。但是，說起來真是怪有嘲諷意味的，我與第三枝筆的緣，竟是因戰亂而結。也由於戰亂，我的童年接觸了自然，那樣的環境使我喜愛文學藝術，喜愛庭園花草木石，喜愛熱鬧懽聚、飲酒啖蟹和敷說人生諧樂的正面生活，這些都在我的文章中、漫畫中以及書藝的內容中表現出來。總之，對於我的第三枝筆下創造的世界，似乎應該說是拜戰亂之賜的。

從一九四六年春天在重慶恢復入學，到一九四八年冬天由南京移遷台灣的這短短三年，我並未真正享受到抗戰勝利後應得的平和，髣髴身在大地震後持續的餘震中，精神緊張茫然，不知舉措。用第三枝筆所剛剛開始勾繪尚未完成的一幅美麗世界草圖，也就止筆停畫了。

到台灣後不足兩年，家裏就在台中縣霧峯鄉的山麓下定居下來。每天接觸的是山光月色、鳥語花香、流水斜陽。離亂之後，又重返久已失去的恬靜自然，我的心也恢復了諧和的狀態。從高中到大學到研究所到出國，十四年的金色年月，我順利地完成了學校教育，完全成長。這個階段的重要大事，是我選擇了文學與藝術，做為安身立命的精神生活終身伴侶，這也可以算是另一種齊人之福罷。

長期鄉下平易淡泊的生活，使我心靈得到極度的開放，而文學與藝術正是打開心扉的兩隻巨手。那時候，故宮存放在山洞和庫房裏的文物，又像在四川巴縣時一樣，需要經常的抽查及曬晾了。於是，我又得到重溫寶藏的良機。不過，這次跟以往在感覺上有極大的不同。知識的拓殖、經驗的積累，我已不再有劉姥姥初入大觀園中的心情。我從那些偉大的藝術傳統，特別是書畫中汲取神髓，要尋找出自己在現世如何自處的生活指導原則。古畫上標榜的退隱山林、烹茶、煮酒、撫琴、清談、獨坐作閒雲野鶴的圖景，絲毫不能激起我的同情和羨慕，我覺得那樣的時代早就過去、死去了。消極的獨善其身，並不足取。那時雖感覺自己的生活受到大環境無情的牽制，但並不氣餒退守，要採取避而遠之的態度。環境再壞，世相再醜，都得鼓勇面對。我不退守，但是我領悟了在現實中慎獨的真諦。因此，在故宮古畫中，我喜歡李唐、范寬、巨然、馬遠那樣有大氣魄的純粹山水；貨郎圖、潑墨仙人、秋庭嬰戲，那些寫真和豪放流露性情的人物畫；對於工筆仕女院畫匠氣十足的畫作很不欣賞。在書藝方面，我喜歡行書和草書，瀟灑豪放，最見性情，最是自然，也看似不羈卻自有律則。而父親這時臨池揮毫的熱情更熾了，琢磨領會，他的書藝有了精進。我不但愛看他寫字，更充任他的書僮。研墨、裁紙、清洗筆硯等工作都由我來。經常觀摹，我對書藝變得認真也醉心起來，那一枝毛筆，就跟大交響樂團指揮手中的指揮棒，是任何一個醉心音樂要詮釋音樂、立意要做一名指揮者的人所嚮往的一樣，我對它有一種幾近著魔似的戀狂。我等不及要用那枝筆來寫、來畫，發洩我的情感了。

3

筆是握在我手中了，畫甚麼呢？寫甚麼呢？

先說畫吧。我初始的苦惱，是在山水和人物繪畫之間無從取捨。故宮的古畫只給予我一種氣質，傳統文人畫重疊式的山水布局和表現的意境，則是我不能也不願接受的。我覺得跟我所見的實際環境不相符。「山路松聲」的實景也許有，但是到哪裏去找衣帶飄逸的策杖高士呢？野老樵夫難道就感覺不到山路松聲嗎？「臨流獨坐」的實景也有，但是，石上獨坐的人，為甚麼不能是穿了洋服、繫了皮帶、穿了皮鞋的現代人呢？誰還「秋江漁隱」呢？我對國畫感到困惑了。在另一方面，學校的美術課只畫水果花瓶、書冊人形；即使室外寫生，遠近濃淡層次都跟實景相符，都缺少內涵氣質。我們從不畫人物，也不學素描。我要畫人物，但不是古畫上戴冠、寬衣大袖、美髯垂胸的假人物。我要畫的是我生活環境中熟悉的人物，有血肉的生動的真人物！

正在此時，無意中發現了父親舊藏的幾本豐子愷漫畫，一經翻閱，喜不自勝。我的苦惱竟完全消失。

子愷畫風景，用的工具是傳統的毛筆，構圖及技法完全是傳統式的，甚至於意境都是傳統的。但是，他的表現及精神則是現代的。他的畫不是憑空臆想的，是取自現實的。子愷畫人物，用的工具也仍然是傳統的毛筆，線條也是傳統的；但是，他的表現和精神面貌則是現代的。他筆下的人物穿長袍馬褂，不是曳地寬袖大袍了；士、農、兵、學、商都是現代應有穿著；小腳出現了，大腳也出現了；戴眼鏡、抽菸、看報、坐茶館、坐人力車、汽車……，應有盡有。俗語說，這是意外的收穫，對我，真是如獲至寶。於是，我就開始勤奮地臨摹起來。

豐子愷的漫畫，還帶給我另外一項始料未及的大發現和影響。他以閒適遊戲之筆勾繪世間眾生諸相，自然而充滿人情味。他的畫，對世間生命萬物有一種寬厚博大的關注與愛心，予我以高尚溫暖的氣質。他筆下捕捉的事物現象，具有令人會心的幽默與趣味。質言之，他的畫瀰漫著「情」與「趣」。拿豐氏的畫和傳統國畫比較，最大的顯著不同，在於前者是突出的，後者是平面的；前者是真實的，後者是虛偽的；前者是生動的，後者是死寂的；前者是積極的，後者是消極的。至此，我就私淑子愷為我的圖畫啟蒙老師，全力仿效他了。

我最早的漫畫作品，是給學校出的壁報所繪的插圖和漫畫。後來投給《中央日報》的兒童周刊，竟被採用。於是膽子漸大，開始向該報副刊、婦女與家庭周刊，以及《新生報》副刊投稿，也都被採用。不過，我卻淺嘗即止，因為到了高三，要全心準備升學，就把作畫的事完全置諸腦後了。雖如此，我對作畫的興趣則是分毫未減。一九五三年高中畢業，我投考大學。四個可以投考的學校之一的師範學院，我選擇的第一志願就是藝術系。雖也考中，在考慮之後，卻捨棄而就台大。主要原因倒不是為了台大的校譽，而是我自知雖然對繪畫饒有興趣，卻沒有十分的藝術才情。而三弟莊喆早就展露出他秉賦的卓越藝術才情來，在家、在學校、在師長眼中，他已是一致公認的未來藝術家。最給我壓力的是，三弟早就表示出要投考藝術系，而他自己和別人（包括我）對他的才賦都有百分之百的信心。

於是，我用第三枝筆給自己勾繪的一張未來的彩圖，就被我同時握了第二枝筆的手所撕毀。

至於書藝方面呢，我的苦惱不若畫的方面大。

在學校裏，規定的習字範本是顏魯公的〈麻姑仙壇記〉和柳公權的〈玄祕塔〉。兩者我全不愛。顏字給我一種過於木訥方正，也像道貌岸然的大人先生慣於端架子的感受，覺得不自然。柳字則支離矯情，予人虛偽之感。因此，我兩個都不寫。父親習字啟蒙於褚（遂良），後來醉心趙孟頫和宋徽宗的瘦金，這三體我都喜歡，都覺得遠比顏、柳勝過許多。當時我卻不敢對父親直言，請他稍予指點，因為怕他責我好高騖遠。我只是暗中注意他寫字時下筆、行筆和收放的韻律。

有一次，父親習字後進內屋小睡，我就用硯中餘墨，臨寫了一頁趙孟頫的〈湖州妙嚴寺記〉。後來他見了，告訴我初學切不可習趙，因為趙字外柔媚而內有硬骨，學不好就變成軟麵條了。他建議我寫褚，練習了一陣，也不十分專心領會，加以褚字太過纖秀，跟我個性並不十分切合。這樣一來，終於棄習，索性不專注某一家，信手而為，姑且自名之為「雜家」吧。

事情演變至此，父親也只微笑。他對我說了這樣的話：「才氣有，功力不足。寫來不俗，若多讀帖，可以補短。」可是，我仍是不專注一家，有一陣子迷上文徵明，有一陣子又愛上孫過庭，王、米、蘇、趙的帖也時常翻看。興致來的時候就寫寫，都無定時，就這麼積非成是地塗鴉下來。不過，有一點得說，我越來越喜好行書、草書，越來越不慣一筆一畫的楷體，年歲日增，真是越老越風流了。

總而言之，我寫字作畫，全未受過嚴格正規訓練，既未拜過師，也未有名家指點，自己摸索神會，可算是無師自通一類的。這第三枝筆，聊備案上，乘興揮灑，不過滿足一己些微嗜好，要說是業餘的副產品，反倒言重了。

侍親三事

我們兄弟幼時，正值先父攜家抗日逃災，輾轉流亡各地的苦難時期。物質環境不好自不待言，就是精神生活也遠不及現在在台的人。

抗戰時，因奔走各地，把學齡全耽擱了。住在窮鄉僻壤，是沒有學校可供調劑生活的。而父親當時的家庭教育，除了嚴苛以外，至少我認為在「做人」方面，大人的身教對我們一直長久地起著積極作用。比方說，「勿苟得」就是基本的人格訓練。不管甚麼，實在的與空虛的在所不論，只要在原則上不屬於自己的，說什麼都「勿苟得」。哪裏有現在「大家都這樣子了，不幹白不幹，反正幹了也沒事」這樣的僥倖心理及枉顧原則的任意作為？不但任意作為，更且「理直氣壯」，以「阿木林」或「呆頭鵝」調侃正直不苟的人。那時，大人也總不以「時候變了」為圭臬接受年輕人的狡辯。聽下一代辯解原意不容置疑，但我們一定要看是甚麼事。大家為非作歹，無論如何不可跟著大隊走。

在我幼年時，許多被目為「原則」的事，是說甚麼也不會更易的。比方說，吃飯絕對不可碗有「餘粒」。不能說裝了一滿碗只吃一兩口，佯裝稱說「肚子不舒服」就下桌了。「不可以碗有餘粒」，就是原則。這不可以商量，不可以任意找藉口辯解。肚子不舒服索性就不要貪嘴上桌，圖一時之快就是不對。

先父的家教，除了像上述的「原則」性事端外，還有一些他雖不解釋，卻執意要我們省悟的小事。如今想來都是對生活態度不容苟且的範例。茲舉三件引述如下：

其一，父親題寫書法，總是要我磨墨。那時無有「墨汁」一物，濡筆展紙書寫都要磨墨。這是一件非常消磨人志的事。稍一不慎，墨會磨斜歪，變成了雕刀刀刃的模樣。凡此時際，父親見了只低聲道：「這墨還不夠，再研一盤。這次用你剛磨歪了的尖部研磨。」尖部體積小，磨起來自然更費心力。但是，兩三次後，這樣的小事便成了習慣，我於研磨時，就知道對待一件小事的不苟態度是如何重要了。至於面對其他諸事，據理類推自不待說。

其二是拭擦保險刀片。中國男人有不輕易剃刮鬍鬚的事實。時至二十世紀今日，現時有電剃刀，通電之後，數分鐘便乾淨俐落了。可是在當時，尤其是戰時逃難後方，電力無有，父親能用當年自北京隨身帶出僅有的一些保險刀片，看在一般人眼中，已是相當的不同凡響。該時物資艱困，保險刀片在西南邊僻的貴州小城，是有錢也買不到的東西。父親每日刮面剃鬚，之後便要我們為他清理用後的刀片。先是把刀片自保險剃鬍刀上取下，用清水將刀片兩邊沾上的鬍碴及穢物沖掉，然後用乾淨的草紙（不是目下又白又軟的衛生紙）拭乾，再塗以油脂，二度用乾淨草紙拭乾，放回包裝刀片的原有印著英文字樣的包裝紙中，才算了結。這樣反覆一次，需時大約十五分鐘。如此，一片刀片通常可以使用十次甚至二十次左右，不像現在用後順手就棄之便了。

其三是搥腿。我聽說在澡堂浴室中清洗之後，躺在床上或大沙發上，若有人為你渾身搓捏敲搥，會感到周身血脈霎時全張，氣走節肢，比吃下仙丹靈藥都舒服。幼時為父親搥腿，髣髴也是如此。可惜我從來未有「被搥」的經驗，故只能意會。為父親搥腿，是自兩肩而下至兩臂再至腰跨最後及於雙腿。握拳下搥時，疾緩輕重都須注意。大約也便因基是之故，父親喚使我「主搥」的次數最多。我說疾緩輕重，但視父親閉目靜享時的面部反應便知。有時搥得興起，又疾又重，好像戲園子文武場擊起的快速鑼鼓，雖實際上並無舞台戰將對打的場面，但當父親吟呵漸重，我便知道「失手」了。精神一提，於是心中哼起了嗩吶的音律，改為輕推慢送的功夫。父親的蹙眉逐漸寬解，喉中哦然有聲，舒徐有韻，我便知道此戰已勝，提槍奏凱的時刻到了。父親的輕鬆高興，也便是我的自得。我從這樣的侍親經驗，學習到了如何察言觀色，凡事勿用己意為之的道理。事情終其所以都是勢必親為的，但如何著手，如何運行，就髣髴為父親搥腿一樣，你所應付的事便好像是有機的一具軀體，不可以不顧一切勇往直前，而必須注意「反應」。

飄泊的雲

四歲那年，在盧溝橋的槍聲劃開了中日抗戰序幕的那年，我就像一朵出岫的雲，離開了故鄉北平，開始了連貫的、長久的流亡生活——由北而南，由神州大陸到台海一隅，再從國內到國外。

這樣長期的飄泊，說起來也並不是單純的事，這也由於父親當年任職於「國立北平故宮博物院」而套上了因緣。故宮的舊藏，是中國皇室精蒐的華夏歷來寶藏藝術。也正因此，政府對於這些國故的重視，而毅然決然將這批民族藝術精品，盡大力的遷出了故都北平，向安全的地方疏散。於是，我們莊家，也就逢上這樣的因緣，隨古物而播遷，歷經滄桑，最後到了台灣。

這樣動盪的時代，這樣長途跋涉的遷移，這樣歷史藝術文化的陶鑄培養，至少，我認為對於我們莊家兄弟來說，起著一種精神本質上的啟迪作用。那也就是有一種清流自重的格局，在生活為人處世的方面，執有不隨俗棄節的操守，而在藝術才情方面，有一種清亮的超越的眼界，定出世間狷介污俗的分野。這些方面，總的來說，成就了我們兄弟生活才情上可喜的自覺。

故宮博物院的古物菁華運抵貴州省安順縣後，在那裏一歇五年。為了安全，古物存放在縣城以南十里的華嚴洞。安順是當時貴州省最大的縣城，老式而有傳統的格局。這個縣城就是那麼安安順順的棲伏在貴州高原之上。安順這名字，至少無形中給了我潛移默化的影響，它告訴我人生必須樂天安順，勿要強求。辛稼軒說：「味無味處尋吾樂，材不材間過此生」，我想，我這一生基本上是這樣的，頗能知足，頗能隨遇而安。想想看，我雖然自幼別鄉，流浪他方，但是，比起那許多留在故土，卻在日寇敵人的統治下討生活的我這一輩同胞，真是幸運太多了。至少我可以自喻是出岫的雲，以大千變幻的容姿，伏繞飄逸在山巒間、在原野上、在流水旁、在林木巔。至少我呼吸的是自由——絕對自由的空氣。尤其是由於古物長期停放鄉野，那樣寬廣自然的環境也影響了我，總以客觀適度的態度去試探、了解、接觸，而沒有莫名其妙的地域觀及自是觀。鄉野的清純安詳，也透露給我魂靈深處，如何才可以取得「逍遙」的真諦。所以，安順生活的五年，可以說是對我此生生活的基調譜上序曲的重要階段。

後來，我們入川，仍是住在窮鄉僻野。因為是鄉野，沒有學校可上，於是父親便將他逃難中所攜帶的書冊供我們擇選了讀看。比方說，上海中華書局景印貫華堂原本線裝七十一回本的《水滸傳》，就是我幼時最早讀到的傳統小說。這部小說自首至尾流溢著強烈震撼的反抗意識。正因為人謀不臧乃是造成破壞自然和諧的均衡一種不可忽視饒寬的顛覆力量，而使我知道它乃是把現實推回到原始狀態的反抗意識。這樣的反抗意識完全沒有負面的深涵，而在那樣的時代，戰爭把人性的殘暴無情地揭露了給我。我知道戰爭的本身就是極端殘酷野蠻肆意破壞自然和諧均衡的災難，它是百分之百強加給我們的，它是摧毀人性尊嚴、扼殺人文的屠手。這樣，我相信，人類唯一可以利用可以消抵它力量的就是反抗。這種反抗意識，在我以後成長的過程中逐漸凝固定型，日漸強堅，而最終形成了不屈不撓的信念，在社會上除去戰爭以外任何失去理性公正的現象與事件中，積極鼓舞著我去抗抵。我在舞文弄墨尋求自我解紓感情的同時，也為斥責怯懼、呼籲公理、伸張正義、維護道德、堅守原則、批判濫情、諷諫強權、爭取自尊等等方面，作出一個具有藝術情操的作家真正力圖展示的力量與抱負。

《水滸傳》給我最大的感受，大約是其人物塑造的明朗慷慨作風及形象。我於是憎惡人間負面的陰邪多疑，因為我知道，這樣的負面人性，正是消極促成破壞正面自然和諧的潛在危機。當外界的客觀因素變得可以牽動並左右個人的時候，此種危機的存在必然擴充而形成具有侵略意識的強勢。我們社會所實際需要的，就是《水滸傳》中所揭櫫的這種慷慨明朗的行為與作風。這種正面捐己的作風行為，也就是宗教博愛敬人的基本精神。這是一種人類應有的高尚情操，亦即俠骨。

除了《水滸傳》外，幼時讀到的另一書是《唐詩三百首》。故宮古物在兵燹炮火的脅威之下，得到政府的妥善安排，而被安置在山光水色、日清月明的朗朗乾坤鄉野郊原。那樣的地方，是寧謐安詳得容不下一絲一毫的囂噪，和諧凝莊得不讓戰亂有一點肆虐的機會的新天地、安樂土。你在人羣聚屯擾攘，人聲鼎沸的城市中，剛被槍聲、炮火、刀光、血影所驚懾，而殺伐、仇恨、毀滅的火種方埋下，也許就在你眼前如繪歷歷，可是，這一切的一切，就在漫天蓋地濡潤酣淋的一場春雨中被滌洗去外表的猙獰污穢，而遺世存在了。那麼清明，那麼瀏亮，那麼磅礴，那麼自然。彷彿天邊的長虹，遙接雲漢，神會八荒。而我就在這時接觸了唐詩，璀璨的文化與自然的神會結合，如春雷一般在我胸懷中閃擊出滾盪著無盡的電光石火。

唐詩初始給我的感覺甚是朦朧。我對於詠物、懷古、閒思、戍征、關情、閨怨、離緒、農事、靈交、湍興等等，都似懂非懂，不甚了了。可是，通過背誦，漸然就在似懂非懂之間，把詩句的內容與生活環境中某些實存現象結合起來，於是產生了「原來如此」的神效。尤其是田園湍興方面，更為我實際的生活環境所驗證。這樣的詩情注入了血液，使得我的感情躍動起來了，也使我的精神領域擴拓了。一股強烈的浩瀚的濃郁的民族文化歷史原動性力量，在我心頭湧盪，我的人文意識開始自由馳騁於古今的時空之中。這樣熾熱的感情，使我努力追求拋開靜止狹囿的一己，而縱入自由浪漫的快樂逍遙的生活。我不膠著於世俗某些固定的態度，永遠開展可以經營一己純藝術理想生活的契機。我寫文章、寫字、畫畫，全然聽從並跟隨自己的感情指引，正如源頭活水，創造自己適性的灑脫的明朗的風格。

我的童年少年生活，得益於故宮古物的濡潤太多；環境的拭撫也有很大關係。當然，生在那樣的時代，也可以說是得天獨厚的萌發了我的生活的藝術人生觀。除了這些事實以外，還有一點，令我如今想來，一定是得益於父親當年的思維啟迪及其身教的諄誘。

就拿故宮文物來說，他在我們兄弟幼小的時候便常說：「世間沒有多少人有你們這樣的福澤，可以幾乎終日與中國幾千年的文物藝術精品切磋，讓這樣的藝術流風注入你們的血液，提高了你們的藝術知識才情，擴展了你們的生活藝術，也同時美化了你們的人生。」真是這樣，大哥鑽研美術史，我投身文學及生活藝術，三弟浸染於純藝術繪畫的無盡溪河，而四弟在攝影的光彩中尋找人生的真髓。這些以外，最主要的是父親生前身教給我們的「如意逍遙」的人生觀，這是構成莊氏昆仲此生對文學藝術追取理想及落實現實的平衡作用的動力。我記得當民國三十三年我們自貴州遷往四川巴縣的時候，住在鄉下的一品場石油溝，那裏四面環山，一水（虎溪）中流。父親帶著我們有一次登上了近屋的「虎峯」，峯頂有巨石，狀似牛臥，父親便命名為「臥牛石」，並立時占詩一首云：「山中老石如牛臥，竹裏人家似蟻峯。

最是虎溪橋下水，無言終古自鳴淙。」那後面的兩句，便正是「逍遙」的寫照。適性不滯，不為物質環境囿汲，那便是掌握了自己的逍遙。這樣的逍遙，不是故作姿態甚至譁眾取寵的作為，而是極端浪漫瀟灑的行止。一九六四年，故宮古物自台中縣霧峯移往台北外雙溪，父親題詩於牆壁間，其中「人生到處應何似，行雲流水聽自然。隨遇而安尋常事，縱浪大化任周旋」這四句，正是他對人生逍遙的進一步的描摩。我自己在五十歲所寫的〈自壽詩〉曾經這樣說：「大千處處可為家，隨緣何須著袈裟；老去域外談妖鬼，閒來燈下畫鴉蛇。無寵不驚輕似燕，多情枉恨亂如痲；飲酒啖蟹行吾樂，消食化氣有苦茶。」想來也是深受父親隨緣任性的身教影響。前數年我造訪林雲法師，也曾與大師兄清茂及寺禪主持林雲大師三人聯句即席口占打油詩一首，是這樣：

仙家飲酒不學禪，
佛家無酒信前緣。
是仙是佛都不管，
禪緣只在有無間。

我想，達到陶淵明所說的「聊乘化以歸盡，樂夫天命復奚疑」的境界，我是定然可以安之如飴，隨緣自如的。這樣的一片出岫的雲，雖云飄泊，其路程也是瀟灑自如的。

千里共嬋娟

爸，今年三月十二日，您的十三周年冥逝那天，一早醒來，著衣漱洗既畢，便到後院，站立椒樹之下，望著浥露花草，面東向您朝祭。我未備香火，因為身在海外，這類東西不易便中取購。但，我心中的香火長年不熄，每在晨昏人靜之時，都會不期想念起您來。十三載悠悠歲月，沒有您任何信息，連有一次我整理相簿時，誠兒望著您的相片竟然不知是誰了。您生前只見過他一次，那還是他兩歲時由媽媽帶著返台謁見爺爺的時候。據美麗歸來稱，誠兒在洞天山堂因一切不慣，大鬧，惹觸您動氣斥責。這一定是海內外的隔閡所致。如果他生來就伴隨親侍您的左右，想來爺孫兩人必當終日呵呵的。

如今，誠兒已經是大學四年級的學生了。對於那次印象，他似全無記憶。他只是記得(由於我及美麗的宣告)，您是一位書家，一位在我們兄弟幼小時攜家避災的慈父，一位「中國」文化歷史情長的家長。十三年的歲時，把一個孩子從矇矇無知催促成弱冠，這是如何的長年啊！在抗戰中，我們跟您及媽媽，從來也未禁受過這般的世冥兩界茫茫無極的遙隔。

我回想起，自我海外寄身漂萍以後，在南半球的澳洲，在北半球的美國，每次接獲您的書信時的驚喜與悲哀。驚喜的是，您是那麼不厭其煩地，將家中近況一一垂告，而且總是用毛筆書寫，讓我親切地覺得與家人一直長在一起。而悲哀的竟是，我明知這只不過魚雁傳書，片刻歡笑，霎時就會被無邊孤獨寂寥包圍擊倒。然則，十三年了，我再也未在信箱中見到您的示信。黃泉之路，真的那麼崎嶇遙遠難行麼？酒蟹居，這就是我們的家，而且匾額還是您親手為我們題寫的。您在一九七三年八月二十七日（今天是一九九三年八月七日，還有二十天，就是二十年了）的來信中說：「接十九日函，好高興。尤其看到新屋地圖，略知大概情況，更是興奮。因為漂泊一生，至今上無片瓦，下無尺土，你今有此房屋，總算莊姓有了定居。」爸，酒蟹居就是您的海外棲身之所，我們總是把酒蟹居這不算豪奢但極為樸實舒愜的家清理得極為精緻，您一定會喜歡。歡迎您隨時在外空獨行飄泊倦累時，來此歇息！

中秋節就要到了，您獨在月宮，自不免清涼。那麼，您就請來酒蟹居吧！我會為您準備您此生最愛的上好貴州茅台（也算紀念我們當年在貴州的一段歲月），而美麗也會準備您愛吃的菜餚。我們可以在後院賞月，就跟當年在台灣霧峯鄉間一樣。這不同的是，您所在之地不再是公家的宿舍，而是莊姓的家園了。您也可以跟誠兒用國語談說。他雖不能似我與美麗這般與您無所不談，談無不及，但誠兒的國語真不錯（他獲得過此間中文教師協會舉辦的國語演講比賽年度亞軍），時有一點美國人說國語的輕快逸風，您一定會喜歡的。誠兒總說：「我說的是北京話。因為我父親母親都是北京人，他們都說北京話。」是的，那您一定也可以補充這樣一句：「我爺爺也是北京人，他說的更是正宗的北京話。」

誠兒常說：「我是美國人，但我也是中國人。」您應當滿以此自豪的。莊家的家教，我跟美麗是把它傳給誠兒了。「但願人長久，千里共嬋娟。」爸，這是每到中秋我最感念的。一家人團聚，仰望夜空，一輪明月皎潔，一切都那麼祥和美滿，這是我在海外一直未再享有，也長久繫心的思念。

爸，我希望此信能送到您手中。那麼，您就下來與我們共享今年的八月十五中秋節吧。

借月寄親

靈弟：

前幾天飯後的晚上，我在後園乘涼，猛抬頭，但見如輪明月高懸空際，才想到中秋轉眼即是。是的，一月時光也就似彈指間事。可是，彈指間，我們俱已老大，離鄉久遠，人屆半百之年了。

我那天望月，竟倏忽遙想起當年抗日時期我們身在貴州安順的時刻來。那也是一個中秋夜（忘了哪年了），我們自城裏看完了夜場無聲電影，步行回城南華嚴洞家宅時候，途中突然有槍聲傳來。那次因有特務連的胡連長，差他的小勤務兵劉林揹著你，而他是裝備了左輪手槍的，於是以一手扶住母親手臂，一面肅容地說：「不必怕，我有手槍的。」土匪蠭起的事那時是常有所聞的，但在皓月當空的中秋節夜裏，行在鄉郊的小路上，風聲戾戾，槍響突突，那感覺是，在靜好之中透著恐悸的亮夜有一種平順安逸又對未來充滿滯沉的驚懼，我當時頓有縹緲無根的感受。那驚懼也因明月的朗照而幽幽潛散了。可不是嗎，我們以後的歲月，不是都如此：髣髴一年一度的中秋節，在明月朗朗的寧靜夜晚，而感覺著一種空洞遙遠的未來驚悸麼?我們從未回過故鄉，在故鄉親人側畔度過寧靜安逸的中秋！那槍聲，由土匪的土槍變成中日聖戰的槍炮，再變成國共內戰的火炮，而我們就在戰火與槍聲中漸漸長大，最後到了台灣。我們從未隨大人回去故鄉，從未在故鄉中秋之夜佇望夜空，望著含笑的肥嘟嘟的月面，讓她的清淚滌洗我們的心臆。

台灣，是的，我們剛到台灣的頭幾年住在台中縣霧峯鄉下。屋門口的那兩株蒼勁的白蘭花樹，每年的中秋都給了我們清馨的遙思和對還鄉的陣陣欲望。可是，靈弟，我們必然在台灣完全地成長了。我們在那一塊中國的土地上完成了我們的青少年，踏入此生在中國土地上從未有過的寧平生活，而且那是此生在中國最長最久最享受的和平快樂。十數年的光陰，把我培養成浪跡天涯的旅人，我背著故鄉，在明月朗朗的燧光中高歌行唱，我在每一個中秋之夜，月色浩蕩溫馨的夜晚回首、瞻望，我看見自己幼年的影子，青少年時的孤寂寥遠的夢，也看見中國在月色中漫漫升浮起的彩顏。

靈弟，你一直在台灣。台灣是中國的土地，所以你從未有在異鄉中秋月明清光下愀然注視月亮的淒情。在這一方面，我太羨慕你了。你大概不會在月色朗美的夜晚，噙著淚水舉起一杯水酒祝月，祈禱祖國無恙的罷。

我們離開霧峯也已經二十餘年了。那兩株老白蘭花樹當然還在。每年中秋，我總會遙想起那兩株老樹，它們髣髴就是你我半生的化身，在歲月無驚的朗月普照下，散放著陣陣襲人的幽香；它們也髣髴是我們國家的遐生，在月光下吐著迷人的馨芬。

中秋快要到了。且讓我滿斟一杯美國加州的醇郁葡萄美酒，東望舉杯。靈弟，祝你今生平安永壽，祝老母健朗，祝洞天山堂家人及台灣永好！

祝福。

第二輯

走過從前

愁在莫愁邊

在南京大學（原金陵大學）圖書館工作的江南女士寄來四張我委伊代攝的當年南京鍾英中學的照片。霎時之間，忽然歲月倒流，神馳四十四年前身在石頭城的往事去了。

我在抗戰前後兩度卜居南京。第一次甚幼，全無記憶。可是戰後重臨，為時雖暫，卻在方入少年的腦海中印下了至今難忘的影子。六朝古都的風流帝王之鄉，金陵舊地，是多麼詩情畫意的縈盤在我心中。

當年我們居住在城西的朝天宮，那裏也就是故宮博物院南京分院的舊址了。民國三十六年夏秋以來，時勢日非，人心惶惶，搶購囤積的事已每天可見。那時，父親的大學同窗如黃振玉、朱餘清等，都頻來朝天宮我們的家——冶城山房，詩酒聚會。不是高歌起舞志在千里，而係悵觸人事，各懷心思。「傷往事，寫新詞。客愁鄉夢亂如絲。不知朝天宮旁舍，燕子明年宿伴誰。」我猶記得父親偶成小詞〈鷓鴣天〉中有這樣的句子。把人比作燕子，而不知未來政情究如何，換言之，何以為家？他們當時的心情是非常慘憂的。

可是，只要把這樣的悲懷放開，南京一年半所留給我的流風印象，便似江南原野遍地如詩如細雨飄灑的春風了。中山陵的紫金山磅礴之氣，遊春的紅男綠女，玄武湖中輕舸搖曳，欸乃採蓮嬉笑水面的圖畫，都被春風散在全城。處處柳綠花香，哪有一絲一毫的亂世景象？坐上白頂水藍車身纖長的「江南」公共汽車，循著綠樹夾道的莫愁路馳至水西門，出得城外，走上一程，就是那水面平靜、蘊情深心的莫愁湖了。

如果出了朝天宮，自治城山房步向左方，沿著建鄴路一直走，半小時模樣就到了我當年就讀的「鍾英中學」。再往前行，隔壁就是市立一中，大哥和三弟莊喆都在該校就學。江南女士寄來的四幀照片，鍾英當年校舍橫在眼前，一時鍾山巍巍，江水拍心，乍驚翻疑夢，六朝事都齊現眸前了。那原就是私塾式的黌舍，土地依然，磚瓦猶昔，連幾株大樹也都蒼翠如昨。只是那些在操場上竄蹦的年輕小朋友，不知是從何處來的？他們踏著我四十年前的足跡，在歌聲笑語中尋找他們幼稚的歡樂。他們會似我當年想到「不知朝天宮旁舍，燕子明年宿伴誰」嗎？「傷往事」，大概在他們幼小的心中也不存在的。人生代代，似夢如煙。四十年歲月，固不能算是「悠悠」，但是，「六朝如夢鳥空啼」的景象感受卻依舊在我身在天涯的心田中湧升起來了。

鍾英中學當年的格局，進了校門後，必須穿越過一幢老式瓦頂的平屋。屋中的過道是木板的，每天無數的人身踏在上面，年久吱吱發聲。甬道的兩旁便是訓導處，面色岸然的老師坐在那裏，使我年幼的心中烙下了嚴苛的景象。「要當兵，進鍾英。」當時南京的順口溜便是這樣說的。「兵」、「英」以南京話讀之，押韻合轍，那是南京城內的人民對鍾英中學的嚴謹校風的認識。鍾英中學在當時城中十數所中學裏，是排在前頭的私立中學。鄰舍的市立一中，是全市最大最優的市立中學。市一中的老師，很多在鍾英兼課。我當年初二班上，就有三位老師是一中、鍾英兼教的。鍾英的校長是俞采丞先生，中年微胖，穿一身藍嗶嘰的中山裝，很是慈祥有威。他慣常背了手查堂，在教室窗外的走廊上窺看上課的情形。江南女士寄來的照片上，有一張是自校園中操場向後攝取的水泥鋼筋大樓的圖景。樓高四層，當年我便是在二樓旁的一間教室中的。她寄來的照片中，還有兩張攝了校園中牆上的拱門，印象裏當年拱門之內便是校長的辦公室，如今花木扶疏，不辨究竟了。江南女士的信上說：「學校多次整修，已不是原來的模樣了。今寄上照片，但願能帶給您對逝去的歲月更多的回憶。」一點都不錯，我的回憶是苦中有甘，我在那裏，在對日抗戰以後的一年半歲月中，投擲下了我在少年時代的一片夢。我的童年在戰亂中度過，而我的少年，就在金陵六朝帝都的朝天宮下發育，那麼匆匆，那麼寒緲，也那麼哀矜。唉！如果歲月真可以倒流，我能再遊金陵，能重歸朝天宮下，鍾英鍾英！我將要如何來整頓我四十年來的心傷神愴？

江南女士還用南京大學的白色信紙，畫出了地圖上鍾英中學的地址。她並在旁加注文說：「由於一中擴大校園，原來在其旁邊的『府西街小學』，便越過中山南路，遷到了原來的鍾英中學。」鍾英原來的老校門已不復存，新校門開設在天青街及馬巷接口處。「最近天青街及馬巷正在拓寬，變成中山南路的一段。中山南路北端在市中心的新街口，南端通新橋（門西一帶）。」變了，「物換星移幾度秋」，我當年的母校鍾英中學已經化作了歷史名詞。四十年後人在天涯異域，為什麼還有那麼熱熾的濃情要去濡焚變了色的歷史照片？

夢驚殘夢裏，愁在莫愁邊！

江南憶

三年前四弟夫婦來美，贈我一套熊德昕先生編印的《抗戰五十周年抗戰歌聲》的書，小民姊更寄了一卷錄音帶來，並且大大描述了她當年在四川讀中學時的種種。這一下的「抗戰熱」，竟把我惹得憶火熊熊了。

抗戰歌曲我能唱的太多了，每一首都似北京人喝的「豆汁兒」一樣，爬滯在嗓內。我以前就五音不全，歌聲如破銅爛鐵，如今年入花甲，更是「餘音嫋嫋，不絕如縷」了。某日唱起〈夜夜夢江南〉來，咿呀呼嚕，忽高忽低，竟惹得坐在後院淡淡夕照下修著指甲的妻說：「您饒了江南吧！聽你唱完了，我肯定以後夢不見江南了。」江南，我在抗戰前後兩度住過的地方，也因為在中國文學歷來的文章詩詞中已經把她寫得入木怡情了，我對江南於是有著特別的感戀。妻的中華民國老身分證上也注明著伊的籍貫是江南——江蘇南京。於是，這一首〈夜夜夢江南〉，特別令我魂牽夢縈。歌的一開首，便是這樣：

昨夜，我夢江南。滿地花如雪，小樓上的人影，正遙望點點歸帆。叢林裏的歌聲，飄拂著傍晚晴天。

彷彿像文藝電影的新藝綜合體鏡頭一樣，如影如幻，推出晚妝浴罷的江南美景。然後引出叢林中的飄香歌聲，夕陽西下，江水悠悠，廣袤千里。紅花綠野，帆影點點……真是畫意詩情，盪胸熱臆！

我在中學時、當年在台讀白香山描寫江南好的詩句，便一遍一遍地把思緒捲回抗戰後在南京短暫的一年半時光中，春風中乘馬車去城外踏青的一切回憶，竟然淡忘不了。南京城中的老石磚巷弄、老城門，都是我這一生中在別處所未經見過的，太美了。而春光明媚時，鶯飛草長，紅男綠女遊春的景色，真是令人有「未老莫還鄉，還鄉須斷腸」的感念。白居易說：「日出江花紅勝火，春來江水綠如藍。能不憶江南？」

是的，我在民國三十七年底離京前所看過的一部電影，便是周璇女士主演的《憶江南》。我猶記得，那部黑白的電影，一開始便是一列火車奔馳於江南綠野之上，然後幕後歌聲亢起：「平疇千里綠波彎，採桑採到白衣庵。採一籃呀又一籃，回家辛苦養春蠶……」那時正是抗戰後民生凋艱之時，國共交戰酣熾，共產思想如野火燎原的時候，江南如畫風景，竟也禁受這般如泣如訴的描摹了。從此，江南便在我的記憶中隱去了。在台十幾年的歲月，加上出國海外棲遲的十幾年時光，我竟然離開了那樣溫馨動人的江南真景，而竟處身海外。流浪的歲月，何其漫漫長遠！

十四年前，我又自海外回到別了三十餘年的江南。我到了南京，而且也正是春天。可是，我沒有乘坐馬車，似乎馬車也看不見了，我也沒有去玄武湖。我只去了莫愁湖和中山陵。我寫過一篇〈愁在莫愁邊〉的文字，那上面的一句是「夢驚殘夢裏」，這也就是我那年匆匆一瞥驚鴻飛過的指爪了。

「小樓上的人影，正遙望點點歸帆。」是的，我一定會再回去，如果我回去，我不願意再離開。我要登上小樓，看點點歸帆，那歸帆上乘坐的又是什麼人呢？……

牽牛花的歲月

人們常說「金色童年」，對於我，「金色」是沒有的。金色的涵義，一是說日子承平，溫馨處處。另一說則純是理想主義觀，認為愚騃天真無邪便如閃亮的金光，是人生跨入成長之前的「幸福」。

我的童年正逢中日抗戰。硝煙吶喊，殘弱貧困，在敵人的槍炮之下逃命，不但早就離鄉背井，連在他鄉長住的機緣都無。在長期流亡的歲時裏，死亡、恐懼、人性的負面特質、飢貧、病弱……都在你身旁髣髴蚊子一樣的嗡嗡終日，讓你心煩意亂，不安，驚恐。但是，也許得力於人性光輝面的指照，總是像雨後天邊的長虹一般，為希望塗上絢爛的色彩，往虛緲處伸展。

那時候，「牽牛花」便是生活中最突出的一種花卉了。淺藍色、紫紅色，像鼓吹起的小喇叭，綻放在戰爭氣氛濃重的空中。那就是希望的象徵。迎日攀藤開放，日暮嫣謝落垂，但翌日又共朝暉爬得更高，綻得益盛。不是嗎?我就讀的貴州省安順縣國立黔江中學附屬小學的校歌就這樣唱：「小小樹苗，秀拔黔中。十年之後，萬山豐隆。」「十年」在幼小的心田上是一世之長的流程。我們孩童好像每人手中握住一支似牽牛花般的小喇叭，兀自吹著，響徹無盡的遐思。

那是一個物質條件極為欠缺艱困的時代。我們沒有如今天幸福兒童所有的玩具：像電腦、單車、精印的色彩繽紛的圖書（而且款通世界文化）。我們的玩具，基本上都不是現成的，需要自己動手製作：竹馬、水槍、彈弓、風箏、毽子、沙包……都是自己做的。這樣的玩具，對於兒童來說，有一個大好處，那就是不求人的自力觀，已經有形無形在心中烙下印了。不但材料自取，玩的時候，更有一種鷹揚的想像力，把興致推得益高益遠。比方說，騎著竹馬，你就頓生大江南北任馳騁遨遊的感覺。那時沒有五彩精印的世界地圖，否則環繞世界也不過須臾之間事耳。風箏會把遐想帶入雲端，不若現時的玩具總把現實關涉在理想之上，讓你實際的去享受可以發生事件的快感。那樣的想像是非常浪漫的。現在想來，我的童年雖然艱困貧瘠，但是我卻有一種通靈的自然的抒懷。那種無羈的高度，是往後我所走過富足優越的道路上所缺少的。

我在童年時還看過殺人。不同現時用子彈手槍射殺一個人，那是刑法的施行。犯人被又粗又硬的草繩綑綁了上身，砍頭師傅拎著雪亮的大刀，光著上身，有氣勢的跟在後面。犯人的前面是一位敲打銅鑼吆喝的小夫。行人夾道觀望。「二十年後又是一條好漢！」人叢中有人會這樣拉著喉嚨叫嚷。小孩子（像我）就死命從大人的腿腳間掙扎著擠到前面。拖著鼻涕，身上蝨子的咬癢也暫時忘卻了，我們最愛看的「行刑」就要出現眼前。

刑場是城外的一片草地。囚犯被綁在樹樁上，獄卒拿出酒肉菜飯供囚犯足吃足飲。砍頭師傅把雪亮的利刀取來揮動了幾下，呼呼生風。這時，囚犯的家屬跪地前來，舉著一包銀兩恭送到師傅身旁，表示高抬貴手，不要一刀把犯人首級砍掉，要皮肉相連，掛在肩上。師傅收下銀兩，取一碗冷水，吮了一口，噴吐在刀刃兩側。然後將刀刃安放在犯人脖子後，獄卒用黑布把囚犯眼睛蒙了，按肩讓犯人跪下，那師傅出其不意一拉利刃，人頭歪掛一旁，眼睛還在眨動。犯人脖子緊縮了，數秒鐘後，師傅提腿一踹，犯人屍首倒地，鮮血自頸項間似開大了的水喉一般湧瀉出來。此時，有人用饅頭燒餅蘸塗鮮血放在嘴裏吞下去。有人說，這是治歪嘴最有效的辦法，比豬血雞血好。

我的童年經歷了許多許多今天的兒童想像不到的事、物。但是，我一點不覺得我的童年讓我有羞慚之處。反之，我覺得我很幸運，我的童年，一切都是真實的（也許以今天的尺度來看，某些事不太文明）、豪放的，不似現時的虛偽。而且，最重要的，是由於生於憂患，益使我產生真正由衷的親和力，也深知「戰爭」的猙獰面目的可厭，更讓我了解「幸福」的真義。

那晚，停電了

那晚吃罷晚飯，七點多鐘我正坐在電視機前看著電視節目，忽然停電了。妻在廚房水槽邊洗碗筷，悻悻地說：「真討厭。這時候停電！我好像聽見外面街上一聲爆炸。」

我似乎也聽聞到爆炸聲。但這絕非重點。重點是我正看著大陸新聞，新聞播報某地公職人員貪污。因為斷電而未看到犯案人的嘴臉，是一件頗令人遺憾的事。但，更重要的重點是我又有機會回顧童少時的景況了。就因為這樣，當妻叨嘮著的時候，我一聲不響地起座，逕去貯藏室取了蠟燭來。

我點上兩支蠟燭。其一留給妻工作用。另外的一支，我小心翼翼捧送到客廳去。與通室明亮斷電之前景況比較，一切在那一寸多長微弱的燭火下，竟然顯得異常寒澀孤寂蕭索了。燭火搖曳著，透出清冷的光暈。我怔望著，一下子在燭火隱蔽下的昏暗中，我望到了半個世紀前在抗戰時期中慘淡的流光。那時也鮮聽聞公職人員瀆職貪污的事，時代畢竟不同了。

三十年代的貴州安順是沒有電力的。入夜或掌燈時分，一般民戶的照明設備，也就是一個燈盞了。陶土瓦製，燈碗內盛放了菜油，一條燈芯草掛搭在碗邊沿上（豐子愷的漫畫中還保存了這樣的記錄）。燈火如豆，的確不爽。所謂「掌燈」亦非誑語。那時候，雖有蠟燭，卻都是朱色傳統式的，白色洋蠟燭沒有。蠟燭雖具備，但都是逢年過節或喜慶時才用，日常夜間照明所用，仍靠燈盞。

因為沒有比較，那時便覺燈盞是十分耀眼的東西了。它真是人世間的好寶貝。母親慣常在吃罷夜飯後，將燈盞放置在八仙桌的中央。我們兄弟依桌各據一方，由她督導功課。父親則於此時退坐在較暗處的木椅上，翻看自北平帶出僅存的書冊。冬天，他便把椅子挪移近炭火盆邊，用那把他少年自英國購得的胡桃箝，靜靜地壓著核桃。等到核桃肉盈握時，便走近我們，要我們攤開手接取；或者他索性放核桃肉在我們口裏，像大鳥餵食一樣。母親自也得到她的應得分，只是記憶中她總是最後接取。

研習功課久了，就會想出提高精神興趣的點子，來繼續昏暗中疲勞的摸索。冬天時候，點子特多。把紅薯埋在炭盆的灰裏，俟熟熱了以後吞享是其一；還有便是把橘皮剝下之後，用大拇指與食指夾擠，橘皮中的油汁經擠壓出後，噴灑在如豆的燈盞火頭上，火頭爆出了花，帶著橘皮的清香，一下子輝耀到新的希望的亮度。還有那悉悉索索的聲響，比我們孩童向大人爭取一架新鐵環的嘟囔自然亮麗多了。

離開貴州以後，隨著抗戰的勝利，我的生活這才由昏暗轉入光明。在重慶，那是我一生中初次接觸到電火的詭異和明亮。自此以後，我的經驗與視野，就像那如豆般的燈盞火頭，光亮逐漸擴增遠屆，步向光明。

我真慶幸自己少時的燈盞歲月。經過這段昏暗的日子，才特別珍惜今天光明的美好。

雄雞一聲天下白

我幼時生活最長的一段日子是在貴州省的安順縣。我非常喜愛「安順」這個名字，安安和和、順順溜溜地過老百姓應該享有的平順日子。可是，我在安順的五年，正是兵荒馬亂的中日抗戰期間。安順雖未受兵燹，但歲月定非安順可言。不管怎麼說，逢年過節，卻一點兒也少不了傳統上中國各地各鄉都有的氣氛。

到了過年的時候，儘管日常的生活如何拮据，但家家戶戶為年節而忙碌的景象卻是隨處可見。最顯眼的便是在門上張貼上新的年畫，一對雄赳赳的門神（貼「門神」一定要中式對開的大門貼上了才覺威武），給在與敵寇交戰的不幸歲時平添了無限生機。我最愛看的便是關老爺和周倉、黑旋風李逵、《封神榜》裏的哪吒等等。關公紅潤氣發，大刀生風。站在門上，不要說是日本鬼子，就是宵小流氓土豪一般的敗類都會見了生畏的。黑旋風持大斧亦很動容，他那一臉鬈起的鬍髭非常神氣，怒瞪兩眼，我見了都髣髴大斧在耳邊呼嘯。哪吒騰雲駕霧，白面赤子，就更有來自上天的感覺了。

那時的門神，是年畫中最暢銷、最受歡迎的一種。我想，或許就是人在他鄉，祈福國泰民安，早日承平的心願罷。當地人與我們流亡他鄉的異鄉人都心同此理，都巴盼著「安順」。門神的著色很是鮮活，紅、黃、藍、綠、黑、白，都異常明豔。掛在門上，的確非常醒目。勝利前後，我們在四川居住了兩年多，那裏是窮鄉僻壤（巴縣一品場），沒有年畫。當時在故宮任職的劉峩士先生，便為父親親自畫了一張梅花，父親也書寫了「山中除夕無他事，插了梅花便過年」的對聯掛在牆上。等我們到了重慶，一心盼著復員還鄉，到了過年都似乎沒有人刻意注以心力了，因此我至今都記不起那年過年的年畫來。一九四七年我們回到了南京，時局一直杌隉，大人也沒有許多心緒張羅過年的事。所以，在我的記憶中，那也是另一段空白。次年我們就舉家到了台灣，那時的感覺，是我們「出國」了。

台灣的一切跟我幼時在中國大陸各地的感受頗不相同，日本味道特殊濃重。大概受過抗戰的苦難，對於日本文化有一種本能的嫌棄。剛到台灣正是過年前夕，我們暫時住在現今東門町延平北路的第一旅社。住旅社當然無有張掛年畫的雅興。後來搬到楊梅，又是暫住通運公司的倉庫，也談不上一切。再後來到了台中市，仍是暫住在南台中的「民眾旅社」，也未有張掛年畫的感受。這時，故宮的新宿舍正在興建。等興建好了，我們遷入，但那時日本式的房子，根本不適合張貼「門神」那樣的東西。

這以後，雖說我們又搬到台中縣霧峯，但就在政府對共產黨發出「三年掃蕩，五年成功」

的政令聲中，「過年」都在「歇腳」的感受下過去了。到了一九六四年我離台出國，過年的印象，僅只成為一種回憶中的片段。關於年畫，也從來未再想起過。這一直到了前數年，我的一位洋朋友訪問神州，回來時送我一幅年畫。不是門神，是對雞形圖案（大約朋友知道我與妻都是雞年生肖），配著花卉，色彩極是鮮麗，我把它配了框張掛在我學校的辦公室中。這張年畫是山東省濰坊市年畫出版社的出品，原木刻，作者黃鵬，很好。近年來，中國傳統的藝術又都出現。配合上西方新藝的技巧，頗有創見。

《韓詩外傳》云「雞有五德」，文、武、勇、仁、信是也。酒蟹居中德充符，似乎可以易名為「德之居」了。我想，我應該把辦公室中那張年畫取下，改懸於家中，不亦宜乎？一九八六年吳祖光鄉兄來，以「天下白」題贈我一塊雞形木牌。又到過年時刻，我多盼著「天下白」的一天啊。天下白了，那我就可以束裝歸國，在我的故鄉張貼年畫了。

魚事記餘

俗語「喜慶有餘」，在實際上的表現，是借「魚」來諧「餘」。慣常是碰到喜慶之事，便大吃一頓，餐中必用「魚」以為象徵。所謂喜慶，不外乎金榜題名、洞房花燭及升官發財之類。我於前述二者，都曾倖中，而對後者因從不存奢想，且也自覺八字之中似有欠缺之故。前者倖中，卻從未有吃魚以誌喜慶的記憶。所謂金榜題名，乃是當年在台自高中畢業，升入了該時全省唯一的大學——台大，別人認係金榜高中。猶記放榜次日，騎單車自台中縣霧峰鄉至台中市，跟幾位同時金榜題名的同學，跑到五權路第二市場吃了碗鮮四果刨冰，並未有飲宴；至於洞房花燭，是三十七歲始遲婚，失掉了早年龍騰虎躍的癡酣，花燭之夕，居然因貪杯醉倒。夜半醒來，迷迷糊糊喝了嬌妻為我斟來的釅茶之後，才明白「今夕何夕」，也不曾記起晚宴時有魚也否。

似此，「魚」對我而言，似乎並沒有什麼實質意義。魚所給我的第一印象，反是繪印在年畫紙上的「鯉魚跳龍門」上的假魚。一尾黑鱗大鯉魚，屈身翻躍，旁邊有一位上身赤裸，頭上梳了髫髻的男童，兩頰緋紅，雙臂抱住魚頭，張咧著朱唇傻笑。

真正的魚，其實在我幼年生活中並非未曾見過。鯽魚似乎是我此生最初嚐過的魚。該魚多刺，挑不勝挑。看見父親用筷子夾了一口魚肉放入口中一抿，似乎並不費力，根根銳刺便徐徐退出了，那時真認為是天下第一神功。輪到自己學樣，齜牙咧嘴，使出渾身解數，最後還是骨鯁在喉，兩眼噙淚。大人吩咐大口吞嚥米飯，硬把魚刺打壓黏附下去。這樣的吃魚經驗，毫無鮮美之感，相反的，那是畢生難忘的恐怖。兒時吃的活魚，對我有鮮活印象的是娃娃魚。娃娃魚生長在清溪川流，有腳，狀似大壁虎，約二尺長短，全身黑滑，間有青色，因鳴叫聲似嬰兒呱呱之啼故名。抗戰時的貴州省會貴陽市，有一間名喚「培養正氣」的餐館，就專以供饕公品享娃娃魚而馳名。培養正氣與吃不吃娃娃魚有無關係，時至今日我仍魯鈍不解。少時某次有人餽贈此魚給父親，究竟是怎麼吃的，已全不記得；是何種滋味，也難以表達了。

幼時對魚的印象如此，也就欠缺吃魚的快感經驗。魚味雖不甚知，但跟魚有關的成語，倒是親眼目睹，而且印象深刻。所謂「魚肉鄉民」，當時住在貴州安順，順民們被保安人員拿起扁擔追打而抱頭竄逃的情形，或農夫因欠租而遭事主拳打腳踢、掌摑耳光的場景，都是此生不忘的。而「刀俎魚肉」，不僅因抗戰敵寇的侵略使然，即使在大後方僻遠西南的小城，黔民受苦受虐，還有超乎戰火之外的隱痛。

抗戰勝利，我們舉家遷至四川重慶。八年艱辛，父母要為我們求補一番。在食物上，「油水」的成分顯然提升。我讀初一，住校，母親把油渣、豆腐乾丁、花生米、辣椒、大蒜、葱頭，跟豬油混合了鹽和醬油，盛放在玻璃瓶罐中要我帶到學校去「加菜」。此物是抗戰期間被認為異想天開的奢品。除此之外，還買了瓶裝的魚肝油，液體及丸狀都有，供我們兄弟「進補」。那時，生活的順進，一下子竟讓自己搖身一變為小秀才了。可不是嗎？唐詩也已經常看看，雖然還沒有擺頭晃腦吟哦過，卻也琅琅上口若干了。當然，父母眼角下的魚尾紋竟也似祥龍吉鳳，展翅昂首飛去了。夜裏，看見父親伏案寫信給戰時無法聯絡的親友。一杯茶，伴著一盤墨及一疊十行紙，他全神貫注地為流離不能親見的萬里鄉關之外故人，魚雁通曲，道盡滄桑。

我們終於在民國三十六年，回到了魚米之鄉的江南。雖然沒有杭州西湖的花港觀魚之樂，南京玄武湖中的游魚，卻已然令我神往。莊子的游魚之樂，竟也在我的心田中盪起了漣漪。當然，魚的肉質之美，此時也在味覺中始爆發出了欣賞的快意。記憶中在南京第一次吃到甲（團）魚，那是父親故宮博物院中大學同窗父執友人請客時所用。據大人說，國土重光，四散的親友團圓，吃團魚以示慶祝。

殊不知短暫的團聚，竟成了桴海去台的先期。台灣是我的第二個魚米之鄉。我在那裏富足成長。我所吃過的魚類，種目繁多，諸如蔥烤鯽魚、大蒜黃魚、糟溜魚片、沙丁魚、鳳尾魚、鱔魚、豆瓣魚、魚丸、燻魚……不勝枚舉。

去國海外棲遲之後，未在唐人埠吃到整條魚之前，在美國市場購得的魚，未有活者，都是切片的魚排。此物之中老美尤喜鮭魚，紅橙肉色，入口不須除刺即可吞下。洋人不喜吃肉時有骨、刺、皮、筋等物，要純吃肉，大口吃才過癮。我於此時，始幡然感到幼時吃鯽魚骨鯁在喉痛苦的妙感，才知道中國人吃魚為什麼喜歡吃頭尾魚鰭魚眼的本領才是品享魚美的身手。這就跟吃糖醋排骨、紅燒肉、走油蹄膀時如果不見骨頭、豬皮、肥肉一樣，便味同嚼蠟一樣了。在洋人市場中，可以買到的整尾的淡水魚類，大概就是鱒魚了。可惜我的美國朋友中簡直數不出來有誰喜好此魚，總是稱說「太麻煩」。我則認為似乎不麻煩就不能算是吃魚，而且我更認為淡水魚才是真正的魚中聖品。鱒魚當算是淡水鹹水之間的魚種，洋人能欣賞的已為數甚鮮，給他們吃整條的鯽魚，那真是糟蹋精品了。吃魚之樂，就在咂舌舔骨吐刺之間。

舊金山的唐人埠原有淡水鯇魚一種，黑背白腹，肉質鮮嫩。魚店都是養在玻璃魚缸中，缸邊壁上貼著「生猛游水鯇魚」字樣標貼。「生猛」二字實在用得好，把魚性全然點活。廣東飯館中的清蒸鯇魚一直是我的喜愛，楊牧當年在柏克萊負笈時，也甚鍾此魚。大約四年前他自港返美過金山，下榻金山旅館，我駕車冒雨過訪，同去唐人埠吃晚飯，他點名要吃生猛鯇魚。但是，這兩三年來，鯇魚忽然不見，各地皆以貓魚(Catfish)代之。貓魚狀甚陋，且無鱗，體積也嫌稍大。我最不喜歡的是此魚有一股土腥味。私下以為無鱗之魚皆魚中敗類，其感覺便如中華婦女中有人將髮色染成金黃一樣。貓魚類似鯰魚，但鯰魚只蓄八字長鬚，而貓魚則鬚毛甚多。唐人埠魚店中還有一種生猛活魚，即是石斑。此魚屬海魚類，肉質粗糙，不及鯇魚遠甚。貓魚此間廣東人稱之為「龍躉」。躉之為物，其貌不揚，且其習性甚令人不齒。不管以何種佳好的形容詞放在前面，躉仍是躉，我之不喜，非無因也。

珠玉在盤

此間的電視廣告上，經常可以看見加州特產日本「錦」米的廣告。錦米油性大、韌度強、微甘、質精粒潤，做成米飯之後，晶亮在眼，熱氣嬝嬝，泛出一陣一陣香美成熟的味覺來，令人不禁口涎三尺，食指大動了。

日本米黏性重，吃起來彷彿珠玉在口。日人吃米飯都是用尖筷子戳了放入口中食用，不像中國人左手端起飯碗，右手藉箸扒送入口的粗獷爽俐，多少都令我有一些透著虛情假意的感受。英國人吃西餐亦如此。盤中留有豆顆數粒，食者絕不一叉盛起。而是將叉子反過來，右手持刀徐緩將豆顆一粒推送到叉背上，然後輕輕緩緩送入口中，閉唇徐徐嚼咀，彷彿津津有味。而食者此時端起酒杯，環視左右，淺笑微語，把氣氛挪騰到輕鬆雅韻的境地。這樣，我便覺得中國式的吃法，扒一口白飯在口，再用筷子夾起五花肉一塊或雞絲一簇跟入拌嚼的快感，比什麼都令人心撼神搖了。

我從小就吃米飯長大。雖屬北人，但在南地成長，故大米對我便有著一種難述的戀情。

我的幼年正值中日抗戰，吃的大米在貴州時代是所謂的「八寶飯」。八寶者，穀子、稗子、砂石塊、泥土、老鼠屎、蚊子、蒼蠅及其他小飛蟲的屍體。無法挑食，否則一餐飯用一小時都不夠。我們的吃法是不顧一切，將一小包辣椒粉拌和著醬油，灑在飯上，飯來嘴張，大口扒送，狼吞虎嚥。其實，即使不用辣椒粉拌食，一碗八寶飯，五色雜陳，便也有著珠玉琳瑯的感受，那是非常中意的色澤。

後來入川，我在重慶開始上中學。住校，母親用豬油放了油渣、花生及醬油、鹽一起混合，盛在瓶裏，囑我帶到學校「加菜」食用。學校伙食自然談不上好，一桌八人，兩菜一湯，一搶就光。此時把母親為我做的營養豬油取出舀一勺放在熱飯上，豬油溶化流下，被漬浸的飯粒晶亮剔透，真似珠玉一堆，看得你眼脹肚嘯。試想，一碗珠玉在唇，能不令你生津神往鯨吞？

再後來，我在台灣讀大學時住校。伙食團每於月底交接時「加菜」，早餐是紅豆稀飯(平時是白粥)，外加油條、鹹鴨蛋及油炸花生（平時為水煮)。那一頓吃下來，便似貴胄轉世。中午或晚間都有滷蛋一枚、五花豬肉一塊（大約三分之一手掌大小)。而最令人有錦上添花具有富貴之感的時候，是同學中有人因與「密司」約會而將飯票豪施於我，可以吃上雙份。兩枚滷蛋、兩塊大肉，或兩尾魚，那真是覺得齊人之福只不過是言過其實的誇張形容罷了。我在該時並不富裕，數度有勞請朋友代為留飯的情事。待與意中之人邂逅談說歸來，躊躇滿志，快步趕回宿舍，啖食殘羹剩肴，卻即刻盡都化作美食珍饈。而一縷溫馨，彷彿白雲出岫，飄繞在飯碗間。一碗冷飯也頓時粒粒珠璣，居然美不勝收了。

約三十年前，我離家遠適澳洲。住在客中小樓，翌日一覺醒來，竟有「夢裏不知身是客，一晌貪歡」之感。待熱了一杯牛奶，烤了兩塊麵包果腹之時，不禁貪戀起白米稀飯醬菜花生的清淡早餐來了。但情知此時是不可得的事，心中悵惘真是還說還憶還生。世間如有天大委屈，斯時便是如此的了。十年之前赴大陸，下榻北京友誼賓館。次晨起床，正不知早餐何以解決，接待人員笑語曰，早餐計有中西二式，任我挑選。聞言也未細思詳詢，脫口而出，本能的告以中餐為吾所願。雖僅清粥小菜，卻覺強似火腿雞蛋牛奶麵包多矣。時下大家注意營養，而我一向不十分重視此道，孤意以為正本最要。本者，國故習用之物也，大米包子饅頭，青菜豆腐也。

「子不嫌母醜，狗不嫌家貧。」誠然。大米對我的感懷正復如是。心想有朝一日，我也面臨如最近報紙電視上常見之非洲索馬利亞國飢民餓殍時，倘有人問我想吃什麼，余當不假思索答曰：「白飯一碗，八寶飯（抗戰時所食之糙米雜糧）亦可！」

當年做飯，無有大同電鍋科學設備，是用淘米入鍋放在灶上煮、烤。飯熟，還有鍋底一層香脆的鍋巴，於飯後加白糖食用，極是爽口。我覺得吃飯可以得到「吃全份」的快感的，大概只有中餐才有。

洗澡

古人稱洗澡為沐浴。沐者，除了「洗」、「清潔」（當動詞用）之意外，還有著「虔敬為之」的含義。「香湯沐浴」就是一例，不能胡亂洗洗涮涮便算了事，而要以虔敬之心為之。按照佛教，為慶賀佛祖生辰，每年四月八日為「浴佛節」，便是以虔敬之心所為的一項活動。基督教中有「浸信教會」一支，亦是以虔敬之心作出浸禮，把罪孽一切非宗教之身應有的污穢滌除。可見東西一樣，以「沐」為貴，表示了宗教的虔敬。今人稱說「洗澡」，原來的虔敬之意恐怕已經被肥皂泡沖洗掉了。

儒家說「一日三省吾身」，也是帶著虔敬之心的。對於亞熱帶氣候的台灣來說，燠熱濕黏的空氣，彷彿必須「一日三沐吾身」才夠痛快。去年九月回台北，中秋時分濕熱猶未退，洗了淋浴，剛把身上拭乾，已經在冷氣中變得臭汗一身了。我在異國住久，尤其是住在全世界氣溫最舒爽宜人的舊金山海灣一帶，被優寵慣了，回到台灣之後，那種「一日三沐吾身」的信念便益形堅強。「三省」者，是在晨、晝、昏三階段作出省思，但「三沐」則並無特別時間解說，應該是因人而異的。中國的成語諺語喜愛把教條觀念或詼諧挖苦的調侃捲在裏面，再硬加上一個數目字，比方「三妻四妾」、「三頭六臂」、「三從四德」、「三教九流」等等，都是如此。新近聽美國朋友告以目前在中國大陸的新謎語，其一便是關於洗澡的。謎面是「洋人洗澡」，謎底乃是中國北方（特別是北京）人喜歡吃的「涮羊（洋）肉」菜式。這當然是中國人的缺德，把人視為畜牲了。說到這裏，洋人喜歡在洗澡時引吭高歌，特別是在沖洗淋浴時如此。打開水龍頭，自來水噴瀉砸在胸前（特別是冷水），於是抖擻著拉開嗓門。洋人歌唱用的是丹田之氣，其聲宏亮圓潤。不似中國人唱曲時喜歡憋氣吞聲，搞出「雲遮月」那樣子的假嗓，喉中彷彿蘊有何物（痰乎？）哦哦蠕動，唱皮黃京戲某派便是如此，不這樣似不覺過癮。黃梅調女唱男腔，中國人為之癡狂，洋人則搖頭深以為難解。這樣說來，「打開窗子說亮話」大概洋人多半如此，中國人則愛拐彎抹角，要人聽出弦外之音來。

讀大學時，住在台北基隆路當年台大第九宿舍期間，澡堂夏天因用水過量，蓮蓬頭不能天女散花，於是大家多赤身裸體，站在盥洗間用臉盆接水沖洗沐身。當時住在二樓某文學院研究生，愛唱京劇，每用三個面盆接水，身上塗打了肥皂，雙手捧了面盆自頭頂上作下沖狀，但必待喉中哦哦聲心滿意足時分方才放手。常常咦呀久之，而後突然放水，前後三面盆倒下，髣髴黃河之水天上來。有人衣履整齊只站在水槽邊洗面刷牙的，難免身上遭到洪氾，於是三字經國罵台罵都有。我在前面說過，中國人唱皮黃京戲愛用雲遮月的假嗓，那位仁兄提壺灌頂的結果，一陣哆嗦，竟然荒腔走板，愁雲慘霧，月已不見了。

第九宿舍的工友老沈，蘇北退役老兵。每到冬天，便於星期一、三、五日晚上燒熱水供同學們洗澡之樂爽。「洗澡啊！洗澡啊！沒有人哪！」披了黑棉大衣，瑟縮著在走廊上吆喝。那聲音如今我於洗澡時仍往往響在耳際。把錢塞在老沈手中，去澡房沖洗一快的溫爽，至今仍留在身上。

我幼年住在貴州省安順縣，戰時沒有自來水。家家戶戶每日買水度日。洗澡因此不是每天的享受，大約三日一次吧。用一大木盆放在廚房地上，父親先浴，洗畢由大哥、我、三弟、四弟等輪替。換人不換湯，待我沐洗時，盆中水已呈乳白色。梁實秋先生在其〈洗澡〉一文中曾說：「成年之後，應該知道澡雪垢滓乃人生一樂。」可惜我未成年便已知曉，而且毫不認為是「人生一樂」。

幼時「香湯沐浴」洗「盆塘」的景況，一直到了三十八年自南京到了台灣才稍有改善。次年父親的服務工作單位「故宮博物院」自台中市移往台中縣霧峯鄉北溝村鄉下。公家建了員工宿舍，為顧及同人家中用水方便起見，修築了一水塔，用馬達將地勢較低處的附近一條小河的河水抽送塔中。同人家中裝設了水龍頭，因陋就簡的自來水便大功告成。因為簡陋，有時打開水龍頭，流水潺潺聲中，小蝦小魚都隨流而下，在水槽中俛仰遨游。想著牠們經過了細狹的水管，攀過高塔，居然重獲自由，也替牠們興奮。雖然牠們仍不知尚在人們掌控之下，以為已返回清溪流水，我漱洗前先為之事便是拯救這些「災民」。將小蝦小魚盛放在水碗中，運到溪邊放生。但是，洗澡時，便不知有多少生靈塗炭了。反正我沖澡時既不哼唱皮黃京戲，亦不引吭高歌，索性閉口閉目一語不發，眼不見為淨。

中國人慣於在晚間入寢前洗澡，一日積垢，雪之而後快。平舒在床，可以做個好夢。從衛生觀點來看，這也似乎說得過去。然則，洋人慣於早上洗澡（淋浴），惺忪起，沖洗一快，整日精神便都提抖了起來，這可能跟「實用」主義多少有些相干。洋人於此際，更刮鬍剃毛，大整徹底，這樣的洗面革心徹底為人的作風，特別於電視上所見，常給我殺豬拔毛或殺雞宰鴨之後用沸水脫毛方式的感覺，這似乎也可以說是洗澡的觸類旁通一得了。

苦中苦

民國三十八年初到台灣的時候，住在台北市延平北路鬧區的一家旅店內，名字叫做「第一旅社」，就在第一劇場的旁邊。那時的台北，還是木屐與檳榔的時代。我在此之前從未見過也未穿過木屐，反正踏在足下也就是了，沒有什麼了不起的感覺。至於吃檳榔，則有一段欲語還休的心理原因。

我是抗戰的過來人。抗戰時期，民生短缺，衣食住行的前二者最為彰顯。那時穿的衣褲，破了加不同顏色不同布料的補靪。補靪又破了，便在原地再補再釘。我們穿的衣褲真是所謂的「百衲衣」。吃的更苦，白米飯沒有（吃上米就不錯了），吞的是所謂「八寶飯」。八寶飯者，是粗米中有穀殼、稗子、泥塊、砂子、老鼠屎等等摻雜。吃的菜呢？蔬菜能到嘴就很夠意思了，魚肉則是可望而不可即。那時街上小店或攤販常賣的有辣椒粉，用粗糙的黃草紙像粽子一樣包成一個小三角形。買回家後，打開用醬酒拌和好後灑在飯上，一碗八寶飯，敷加上了一層喜氣洋洋的紅朱色，於是我們就和著一股辛辣味扒飯入口吞下。一年中偶然母親加菜，居然有一盤豬肉。是像豆腐乾厚薄的五花肉，切成鳳梨酥大小，每人至多兩塊。放在碗內，聞著散發出來的肉香，瞧著肉塊溢出的油脂，狠命送八寶飯下肚。肉捨不得吃，留到最後，一口放入嘴裏，過足了癮。也就因此，我自小便對「吃」發生了由衷的喜好。所以，到了台灣，時去抗戰未遠，能有機會把一包檳榔攥在手裏，隨意咀嚼的快慰與豪興，便令我食指大動了。

那時我一句台語也不會，也沒有台幣。就把一疊大陸用的金圓券拿在手中，送到賣檳榔的老太太眼前，由她取了換檳榔給我。老太太鼓動著乾癟的嘴，念念有詞，取了兩張鈔票後包了一大包給我。得意之餘，用大拇指及食指揀起一粒放入口中。一嚼之下，哪是什麼美味！又辛辣，又怪異，染了紅色和了石灰的佐料，即時散發出強烈的火藥味來。一時情急，又是本著抗戰期間習就的動作——只能吞下、不可輕易吐棄的原則，就一口嚥下去了。這一下非同小可，那辛辣澀滯的液體爬留在我的喉頭食道上，兩眼噙淚，狼狽不堪。老太太見狀大笑，咿咿喔喔了一陣，我一句不懂。她於是低下頭去，朝地上啐吐沫。我心想，這老太太也太不厚道了，看我出了醜還往地上吐口水譏嘲我。於是把一包檳榔擲還給她，負創而去。回家以後，問及能說國語的鄰居，據告老太太向地下吐口水並非譏嘲取笑，而是因言語不通，向我表示檳榔水要吐掉，不可吞食。

數年之後，我到台北上大學，又有一次吃苦的經驗。當然，仍是與食有關。當時南昌街一帶小販林立，我獨自從羅斯福路四段的台大乘公車逕去南昌街一帶閒逛。徜徉久之，終於決定品嘗「當歸鴨」。當歸鴨是放在擦拭得晶亮的金屬製的小蒸籠中的。蒸籠高聳一疊，極是壯觀誘人。落了座，店家取了一籠給我。打開以後，是一塊鴨屁股及一塊當歸。又是抗戰精神作祟吧，先苦後甘，決定先吃當歸。張口咬下，哪知一股奇特的中藥味，說什麼也提不起我食之而後快的勁道了。方欲吐掉，身旁一位食客告我，當歸是調味用的，並不食用。本想吃鴨子算了，但鴨屁股一塊也提不起我的興味來，竟花了錢一口東西也沒吃就走了。

這是我初到台灣在吃上的兩件趣事。其實，兩次都與「苦」有關。中國人說：「吃得苦中苦，方為人上人。」經過抗戰，我想我是吃過苦了。也因為如此，居安思危，我常有一種比況的機會。一般來說，不太像時下的國人，一味索取，一味不知究竟的索取，好像永遠不滿意，這可能就是沒有吃過苦的緣故吧。

走過從前

五十九歲生日，妻送我的禮物是一雙鞋。「李歪氏」(Levis)出品，土黃色，標著Board-walk，意指穿著在海濱一帶木板地上行走時用。我雖鮮去海濱蹓行，但每日上班或去公園蹓躂，穿了也是好的。「李歪氏」是美國專事供應少年男女穿著的行號，這一下我也竟成了「老少年」了。

自從五十歲以來，在穿著上有三事大異既往。一是不喜繫領帶，非於必要盛大場合我絕不戴它。西服（男士的）最令人不悅者就屬該物，髣髴在頸項上繫扣了一條繩子，那不是把人變成了牲畜或受擒的江洋大盜宵小慣竊麼？二是喜歡穿鬆肥的褲子。腰圍雖不能算是雄偉，但很難受拘束之苦了。年輕時慣穿褲腿窄挺的款式，臀部豐潤的人更愛把該部位著意勾勒出來。現在，這些都平化了。我想起幼時見大人們穿中式長褲，七尺八肥，鬆鬆垮垮的，不用皮帶，只把褲腰那麼一夾摺，想起來都覺得快爽。第三事便是足下。越來越不愛穿硬梆梆的皮鞋，喜歡穿便鞋。而最好是又能派上正式用場，妻送我的這雙「李歪氏」的鞋便是好例子。幫面完全正派，完全可以配合淺色西服（打上領帶也絕對可以），妙的是鞋底是膠的，但並不是黑膠底，一看便知是有頭腦的人士挖空心思的產物。鞋底顏色一如皮底，連厚度都近似。最妙的是鞋根髣髴被斬去最後的一方，像是穿著已有一段時日了。不僅此也，鞋底有各式弧線，圖案各區不同。於是底前後內側部分用料不一，因著力不一，而硬度遂也有異。總之，穿著起來，套句俗話，真是「如踩棉花」，舒服透頂。

據母親口述，小時我最初穿的是皮鞋。那時是中國早先西化的時代。受教育的青年男士，都留分頭，戴一副圓眼鏡，穿西裝，打領帶，腳再登上一雙黑色「尖頭鰻」(Gentleman)的皮鞋，就是五四前後的知識青年榜樣了。父親也是「五四」青年，那時他正是北大學生。我看過他少時的照片，完全是「五四」裝扮。可是他的「尖頭鰻」黑皮鞋，在我記憶中第一次映入眼簾，目睹此物時是它們靜悄悄地歇息在箱底的硬紙匣中。紙匣上有「卡爾登」三個大黑字，說明是從上海去的。父親當年美少年的模樣，已在抗戰的砲火煙硝中化作灰塵了。不但他不再穿著那樣的尖頭鰻皮鞋，我有記憶以來看見的他穿在腳上的都是布鞋。布鞋是抗戰期間大人小孩常穿著的鞋。也許不如皮鞋的亮麗，但舒適是後者絕對弗如的。那時家中什物中有「鞋撢子」一種，掛在房門旁的牆上或置於壁櫥間，出門或回家時都用來在布鞋上撣彈一陣。

布鞋雖屬舒適輕軟，但遇上淫雨時便受窘了。在黔省那時的雨鞋有兩種，大人穿用體面一點的，是所謂膠套鞋。黑色膠製，套在皮鞋上防水。孩童穿的則是粗皮製的釘子鞋（因為鞋底卯上了許多粗大的釘子而得名），外面塗刷了桐（子）油，為了防水，故又名「桐油鞋」。桐油鞋穿久以後，其硬似鐵，我們都嫌棄不用。但光腳總不成的，於是穿「草鞋」。草鞋是用乾稻草編製的，一般粗人、苗族男女、軍人、壯漢都人足一雙。初穿時，由於細皮嫩肉，腳面凡與草鞋有摩擦處都有破損，久了也就成了習慣了。

到了抗戰後期，由於搬到陪都重慶，開始穿上了球鞋。牌子是「回力」，黑白間色，長短腰均有。這是我這一生中的第一次「足上進步」。那時穿在腳上，真的美不勝收。抗戰勝利以後返回南京，又從南京去台，都是我的「球鞋時期」，從未與皮鞋結緣。

與皮鞋結緣已是我初入大學那年了（民國四十二年）。到台北入學，父母省吃儉用，除了繳付我的學雜用費及食宿和有限零用外，母親特地將一筆款項交給我，是幾張卷在一起很久很結實的鈔票，囑我到台北必得買一雙「像樣」的皮鞋。到了台北，註冊之後，便乘公共汽車到衡陽路的大業皮鞋店買了一雙黃色膠底的皮鞋。

這以後，我基本上穿的都是皮鞋了。換穿了皮鞋之後，對於此物並不重視，也絕對不會去豔羨別人腳下的風光。有趣的事是，我倒頗為注意當時台灣人士腳上的穿著。當時台灣一般人最常穿的鞋是木屐。大街小巷，城市鄉下，呱呱唧唧之聲盈耳。地痞流氓愛穿一種鞋底上釘了兩條高高木條的木屐，屐上有分嶺帶，把大腳趾與其餘四趾分開踏用。穿著的人，分明把人的氣焰抬高了，真是所謂「趾高氣揚」。還有商界的一些大亨小開，喜歡穿全皮製的拖鞋，在家穿穿也就罷了，偏偏他們很愛踏了在市面上風光，予人輕佻之感。在家，一般人都穿草製拖鞋，是大甲草製，舒適淳樸。在鄉下，農夫常穿的一種鞋是厚帆布製，高裝、長腰，鞋面及底部分是膠製。最奇怪的，是跟流氓地痞的那種高底木屐一樣，趾前部分竟把大腳趾與其餘四腳趾分隔。穿上之後，看起來竟類牛蹄馬蹄了，於是我私下稱之為「蹄花鞋」。

婦女們一向是趕時髦的，皮鞋更是曲意逢迎，朝夕不同。那時（民國五、六十年），酒家女、美軍顧問團的華籍女性年輕職工，或一些趕時髦的女性，愛穿兩種皮鞋。一種是布面或皮面，鞋底用豐厚的軟木製的鞋，跟又粗又高，穿起來有一種盛氣淩人之感。其鞋底之又粗又高又厚，就髣髴非洲人的厚嘴唇一樣，前後壅塞厚實扣合在一起，極是壯觀。另外一種是被稱之為「酒杯跟」的皮鞋。後跟不似三寸高跟如一截蔥白那樣醒目，而是矮化成中國古典式的小酒杯形狀大小。有一次我陪家父到台北溫州街台大教授臺靜農世伯的歇腳盦去，坐息不久，父親見窗外有一足穿酒杯跟皮鞋女客至，就說：「有酒客來了。」靜農世伯起身窺視，便去玄關迎客。俟客人去後，他折返客室對父親說：「甚麼酒客？你不要把我的歇腳盦說成酒廊。這裏白日可不賣酒飲酒的。如果來的是一位小腳太太，那你看了豈不是嚷著要吃粽子了？」言罷二老相視哈哈大笑，他們的幽默爽言今日思之仍舊莞爾。

我今世一直想穿，卻一直沒有機會一試的鞋，是常看到的軍用長筒馬靴。對我來說，那是極為威風帥氣的。在電影上，常見丁副官穿了踩皮鞋跟的神采。但是，待我棲在域外，可以買到並穿著的時候，可惜已經時不我予了。即使沒大沒小穿上了，無有馬褲，也是枉然。

慎終・追遠

我的一位韓籍學生（研究生），在考畢第二外國語（中文）之後，笑呵呵地對我說：「這將是我最後一次考試。我的意思是說，將是我此生最後一次學術性考試了。畢業以後，我將遨遊四海，返韓國工作若干時日，再回國門，在紐約老家經商終老。」

壯哉斯言。我最不相信的就是靠書本謀生吃飯這件事。在古代，學優則仕，一仕之後，幾幾乎是可以耀祖榮宗，風光一輩子了。所以，開科取士的觀念，自長久以來便深植國人心中。把農、工、商等人皆逼退下去，自以為是經國濟世的一等人民了。我的這位韓籍生徒，居然要在拿到一塊高級文憑之後去「遨遊四海」，此等心志，實在令人肅然起敬。如果按照一般我們國人的看法，那簡直是不可思議。我問他既不走學術路子，何以旰食宵衣，虛擲了三年歲月，豈不冤哉枉也？他的回答也妙：「人要做的就做，反正是自己決定。當年我決心學中文，根本不考慮別人的看法。現在我要遨遊四海，覺得東方學這領域中，有大批無恥之徒（壯哉斯言），何須與之為伍？我經商謀生，並不想騙人，志在溫飽。興致來了，便舉家去中國大陸度假，黃山長城、塞北江南，與李白陶潛同夢，豈不甚好？」

我有這等高足，真是大快人心。想起自己當年做學生時的考場經驗來，不禁赧愧無地了。我是台灣大專院校單獨招生的最後一屆學生，那是民國四十二年。高中畢業，覺得前途茫茫，還是考大學暫時可以不要考慮自己，仍是最佳途徑。於是乎跑到台北去應考。第一仗是考台大。我投考乙組，考試第一天第一科便是數學。我在高中階段，數學老師一直都很好，我也相當努力。但，究竟是這一方面的天資差些，或是我用功不得其法，數學總是赤字常現，且有兩次學期成績不及格參加補考的光榮紀錄。

投考大學時，我的級任老師陳重寅先生就對我說：「你能否考上台大，成敗就在數學。只要不拿鴨蛋，就有希望。」換言之，按照陳先生的解釋，一分至一百分之間，我能停在任何階段就成了。但是，我自己知道，這零與一之間，一如霄壤之別，對我簡直比登天還難，我是一點把握也沒有，彷彿注定要吃鴨蛋了。晝思夜想，茶飯不思，越躊躇越陷入惶悚。最後，不知哪裏來的靈感，居然決定在大代數、平面幾何及三角三科之中，放棄一門，專攻二科。以「精準」為綱向台大進軍。

當時數學考試，歷來都以大代數比例最大。於是考慮結果，認為這是「置之死地而後生」的最後拚戰土地，絕不可放棄。但在幾何與三角二科中的取捨問題，久久不能定論。原想商詢於同學，又恐糗事遍傳，只好硬著頭皮去「請示」數學老師。

數學老師是魏甲賢先生。廈門大學畢業，年輕有為，口齒清晰，且穿著俐落，敬業誨人，深得學生敬愛。魏老師在得悉我嚅嚅之音表達的哀訴之後，一時不知何以作答。稍頃，他率直的告訴我，我不放棄大代數是絕對正確。三角與幾何其實都可放棄。對我這等數學智商極低的人來說，抓住一題就是一題，我的戰術是打點不打面。考試題目發下來之後，他建議我不要驚恐，時間有一百分鐘，把題目細看一遍，然後取出最有把握的一題來做（不要考慮各題分數之比重），做了必定還原。

魏老師所言甚是。但是我也許基於好勝心切，堅決不同意將三角幾何同時拋下，獨攻大代數的說法。也許是人性的尊嚴問題，總之我只有違悖師命了。魏老師沒有想到我竟如此志堅意決，就說：「幾何要作補助線，以虛攻實；而三角則只須借助公式，死板得很。對你來說，不如放棄幾何。」但是，他萬萬更沒想到，我居然說出下面的話來：「我最討厭死死板板的東西。幾何還可以有思想的伸縮性，我決定放棄三角。」魏老師沒再堅持什麼，臉色紅白了一陣，笑嘻嘻地將手掌放在我肩胛上，說：「好吧！專攻兩樣。記住我的話，祝你成功。」我知道魏老師本來一定想問我，既然我此志已定，何必還跑去問他的道理。這也許就是「人各有志」，但又「虛心請益」兩種人性心理的併發同時的現象了。

投考台大數學考試的結果，我得到二十二分，沒有吃到鴨蛋。魏老師的忠言我一直沒有忘記，就是「還原」。我得到二十二分是一題高等方程式。第一次還原未果，又解一次，得數又殊，再還原仍未果。於是再解，又得與第一次解題同樣答案，還原成功。於是以紅鋼筆將此題在如亂草叢般的試卷中圈出，劃長線到試卷旁，整整齊齊寫下「此題要」三字。

我考上了台大。此後，數學便在我原就不甚明晰的思維中漸漸散失了。數學雖然還給了魏老師，但是，「還原」的原則，則是魏老師給我一生留下的忠言：不管做什麼，都要慎微，都不能輕易放棄原始。「有始有終」，這句話，真如不倒翁一般，在我心中深深種下衡定的力量。

漢堡印象

我的第一個牛肉漢堡是在中華民國台灣省台北市吃的。時間是民國五十一年十月，地點是台北市圓山美軍軍官俱樂部。

我以一介中華子民，怎麼會吃一個牛肉漢堡竟吃到美軍軍官俱樂部去了呢？至於那次吃的牛肉漢堡是否真的進口美國牛肉，我也記憶不清了。那時方自軍中退役不久，除了續在台大攻讀研究所外，拜說話的京腔之賜，兼在設於台大校總區的美國史丹福大學在台中文研習所執教，混點頗為友人豔羨的高級鐘點費，向美國學生講授中國傳統小說《水滸傳》。當時班上的優異學生之一的何喬治(George Hayden)，人聰慧好學，進步神速，未幾我們便在師生之誼以外建立了良好的朋友關係。來華月餘，苦思道地美國食物，包子饅頭紅燒肉都減不去他對牛肉漢堡的戀情。那時台北售賣西餐的去處，除了中山北路的「美而廉」外，就屬坐落新生南路三段近台大校園的「老爺飯店」了（當時瑠公圳尚未被填蓋，新生南路三段也不若今日之車水馬龍。一水清流，在老爺飯店啖西餐還真有一點「老爺」的味道）。可是，在何喬治的心眼中，那些地方供應的西餐都是「洋為中用」的西餐，不道地（主要是因華人製作）。

所以，比較有特色的西餐（如若言其為「美餐」則更貼切）就屬去美軍軍官俱樂部才可品享。這主要是由於材料多係自美輸入，而庖製者也係洋鬼子之故。

丘九是怎麼混進了丘八的大本營，我現在已經記憶不明了。反正是一個周末的晚上，濛濛細雨，何喬治帶我在台北的美軍軍官俱樂部品嘗了我有生第一枚牛肉漢堡。除漢堡之外，大約是基於美國人的豪氣，我們還吃了義大利麵條。那是我一生中第一遭跟滿屋子的洋人一起進餐，聆音樂。何喬治並沒有乘機向我展示美國人的優越，也沒有逼我說英文。我們喝了純美國加州釀的葡萄美酒。碰杯時，何喬治笑吟吟地懇篤地對我說了那晚上唯一的英文句："cheer up!"大概他想說中文的「哥倆兒好」而苦思不得罷。

我不喜歡吃「氣死」(cheese)——到現在還不喜歡。但那次卻並未將該物取出置於碟邊，竟吞嚥了下去，以示中國人尊重主人的儀行。漢堡牛肉嚼在口裏，乾乾澀澀的，還帶著一點生番的煙燎味兒，再混合了「氣死」的臭味及番茄醬的酸涼感，絕對不能算是「爽口」，說是「難以下嚥」，似乎太過絕情，但又似乎不作他想了。等到我再吃義大利麵條時，「氣死」味和著番茄醬的酸味，從我喉中竄出又遇上義大利麵條碟中冒出的氣味，交纏一起，直攻鼻中，這大約是我平生首度吃洋餐的不良印象了。

一九六四年赴澳洲，該地的洋餐更糟。番茄洋葱無所不在，再配上土豆，一下子把我的華夏文化優越感全提升起來了。「嗤之以鼻」可說是斯時對洋餐的一般印象觀感。來美以後，棲遲近三十年，洋餐良莠繁簡吃過不計多少。在舊金山一家法國餐館吃過一客美金一百五十元的大餐，進餐時換喝了四種酒，雖如此，我仍是覺得不及清粥小菜的好。

第三輯

一片冰心

五重情

人生在世，兩個全然沒有血緣的個體，會由相知、相識而建立起某一種特定的關係，除了誠如佛家所說的緣分之外，我更相信並珍視其實存性。試想，在世界上五十億不同種族遍及五洲的芸芸眾生之中，某兩個人之間能夠建立起這樣的相互關係，真是奇蹟。而其間關係的建立，由單一而多層繁複，自遠而近，就是奇蹟中的奇蹟了。對我來說，不但奇蹟在我身上出現，而正是奇中奇，彷彿彩虹之上又開花的幸運者。

我與林海音先生之間所建立的第一種關係，是「作者與讀者」關係。我生於北平，卻自幼離鄉，跟家人隨故宮文物播遷，歷經八年戰亂而終未能返。抵台初期，我已是一個熱愛文學藝術的少年，對凡與故都有關的作品，更其注意。五十年代林海音的作品，基本上是由她植根於故都春泥中的情感培育出來的，閃爍著她的童年影子，正好投映在我對故鄉心海激盪卻一無所有的記憶空幕上。於是，我於故鄉失落的童年，便在她豐饒的作品中復活了。而她的作品技巧與風格，「細緻而不傷於纖巧，幽微而不傷於晦澀，委婉而不傷於庸弱」（高陽先生語），最能跳出女性作家慣有的「三屜饅頭」(sentimental)那樣疊架、蒸騰、腴白柔軟的窠臼，使我不僅在主觀上，更在客觀上認同她的作品，偏愛她的作品。

我們之間所建立的第二種關係是「編者與讀者」關係。這似也可說是第一種關係的延伸。由於偏愛作家林海音的作品，於是對她所主編的《聯合報》副刊也特有好感。其實，我喜愛聯副倒是在知悉她主持編務之前。聯副在各報副刊中一枝獨秀，是因為擁有最廣大的作者群。這是主編的功勞，因為她開放、栽培新人、提攜後進，使作品的代表性由點而全面。

五十年代，我已經是一個具有大學生身分的文學青年了。從閱讀而終走上嘗試創作的路。我早期第一篇自己比較滿意的文學作品〈蚱蜢〉，就是在林海音時代的聯副刊出的。於是，我跟她之間的關係，又進展到了「編者與作者」了。六十年代中期我去國遠遊，說什麼也未料到會在七十年代伊始的海外，跟她遙隔大洋建立起了「丈母娘與女婿」的第四種關係，而接著在八十年代早期再建立的「出版者與作者」的第五種關係。三十年間五重情，似我者，能幾人？

從認識到了解一個人，其間過程，時、空因素的主導，如果沒有朝夕相處或長相過往的機會，定非易事。然則，有了那樣的機會與有利條件，卻也容易產生視而弗見的疏失，或難免主觀渲染色彩。而缺少那樣的機會，又常流於一知半解，或捕風捫虛的臆斷弊病。因而我們之間有親情而非血親，屬朋友不是莫逆知己或忘年，且無同窗之誼共事之雅。人在兩地，幾年一見，多則近月，少則數天，在時間上、空間上都享有一份從容，既親又遠，既遠又近，若即若離，這可能是觀察一個人，比較坦然客觀的好處了。那麼，我便據此來談談十多年來我對林海音先生的印象。

我對她的第一印象是「爽」。民國五十九年秋天，我向她的長女求婚。戰略是一方面事先以閃電迅雷的方式請在台老父親踵夏府提婚，一方面寫了一封自認辭情並茂的十餘頁長信，毛遂自薦，以「不按牌理出牌」的打法，直接寄給了我追求對象的父母。那樣的情況，據我猜想，對他們便彷彿一夕醒來，但見兵臨城下，卻發現來將使臣，但求通婚議好，未有據土陷城之圖一樣，是驚喜交錯的。而她的處變不驚反應，真是化異常為尋常。在我老父提親去後，她立即撥了一通電話給她身在柏克萊的女兒：「一個姓莊的前腳剛去，怎麼又一個姓莊的後腳就來了？（前者所指是我一個姓莊的朋友，當年在柏克萊有近水樓台之便，先向林海音的女兒展開追求。）而這次來的竟是提親了，你是嫁也不嫁呢？」一向有乃母之風的女兒當機立斷，一聲「嫁！」下，海那邊的電話也就隨著一聲爽然的「好！」而掛斷了。事情就這麼簡單，對於女兒的終身大事，林海音淋漓痛快一句話就決定了。其實，那份「爽」勁兒，正是她對人對事懇摯的濃烈所使然。這樣海闊天空的胸懷，乃智、仁、勇的結合。我婚後在若干小事上都見到她這種反應。

我對林海音先生的第二印象是「真」。真與誠乃一體兩面，意誠心正則真，絕非高言闊論可以涵蓋的。最能窺出一個人是否真心，便是在其人所作所為小事細節上尋取見證，因為真是誠的自然流露。

民國六十一年，她來美探視婚後兩年的女兒、未曾謀面的女婿和即將足歲的外孫。岳母蒞臨酒蟹居那段日子，都歇宿在我的小書房裏。我的書桌上一向是蕪亂不堪的，而一夕之間竟被她歸秩得井然明目了。她還把我置放在案頭準備結集的作品剪報，自動地為我「順手」整理了出來，批了意見，連每篇字數都作了統計。六十六年我首度返台，岳母全家親往機場相接，又在家為我設宴，著令小女兒主廚，款待我在台北的大學同窗友好。而更在餐廳備酒置席，隆重地把我正式介紹給岳家在台親戚三十餘人。六十八年我二度返台，岳母特意把我安置在距離夏府咫尺之遙的「紫屋」賓館，解除了我士林洞天山堂家居狹促的困擾，和每日來往市區酬應的不便。她在冰箱裏放了啤酒和一些零食，桌上則備了剪刀、鉛筆、原子筆、信紙信封、郵票和稿紙。櫃枱上有上好茶葉兩種，盛放冰水的塑膠壺及暖水保溫杯。而最令我感動的，是她陪我登上紫屋，全然不提前述的這些精心準備的東西，只是不厭詳繁地說明了冷氣機、澡房熱水調節系統和瓦斯爐灶的使用方法，並且逐一做了示範。

我對林海音先生的第三印象是她的「勤」。勤不但是精強體健，能於應付的證明，也是對己對事一種強烈責任感的要求。進一步說，是「自尊」的表現。我的岳母處理事情俐索非常，立竿見影，速戰速決而不拖延，甚至有時令人多少感到「咄咄逼人」的氣勢。老子說：「一曰勤，二曰儉，三曰不為天下先。」對二、三兩項，我的岳母是有某種程度保留的。但是對「勤」一字，真當之無愧。這大概也就是她在主編聯副及《純文學月刊》，主持純文學出版社這些事業方面，如此出色成功的原因罷。說是應得的報償，不算為過的。

林海音先生給與我的第四印象是「威」。我聽見過有人說林海音「霸氣」的話。說話的人實際上是善意的，但我覺得他們所說只抓住了表面現象，而忽略了內涵。我的岳母是一個自信十足、洞察敏銳、能力高強，而不輕易聽信依仗他人的人。這種人定然會站在盱衡大局發號施令的位子，必然生威，而他人也難免會顯得生畏的。不過，有威者必有望，她對人對事嚴而不苛，情理並重，事必躬親，以仁德忠厚對待，這樣的威是令人服膺而不傷人的。

林海音先生給我的第五印象是「善」。她情感豐沛、愛心澤厚、胸襟浩闊，沒有一點「小心眼兒」。這種人雍容福泰，坦坦蕩蕩，正因為「善」是集大成的總體現。

五德既具，再加上她的美麗容顏，中氣旺盛的朗放笑聲及清脆流暢的口齒，因此林海音走到哪裏，都會贏得來自她的長輩、儕輩與晚輩心悅誠服的尊敬和愛戴。她的身材不高，卻有吸引人的魅力。在一個盛大熱鬧的場合，人們也許看不見她，但一定會聽見她動人的爽朗笑語，也一定會感覺到她的形象和存在，而完全不需要聚光燈的打照。因為，當人們放眼望去，就可以發現以她為圓心環繞四周的群眾，已經形成了一個spot——聚點。林海音就像亮麗的太陽似的，發散著無盡的光和熱。

不了緣

民國四十二年，是我跟《聯合報》「結緣」的一年。

那年九月，我到台北上大學。其時，由《民族》、《全民》、《經濟》三報聯刊的「聯合版」，也正式易名為《聯合報》，以嶄新姿態與無比信念和勇氣，向新聞界進軍。台大總圖書館樓下的閱報室裏，幾乎擁有全省各地的報紙，由於我在台中就讀的中學只訂了行銷最廣最多的三份官家大報——《中央》、《中華》、《新生》，和一份當地民營的《民聲日報》，到了台北後，「物以稀為貴」的俗感經好奇心推波助瀾，就很自然地把注意力和興趣投在台北民營的「小報」上了。《聯合報》就是這樣成了我好奇心的獵物。

我基本上是一個對於「大事」不太在乎，有時甚至是「捨本逐末」的人。所以看報是先自「副刊」著眼。副刊上有許多「租界」，許是受到當年上海天津被列強瓜分的不良印象影響，故不免對副刊上的方塊文章產生一種不友好的態度，竟另眼相看了。可是，偏見有時也會似日出霧散，聯副的「玻璃墊上」招牌突出奪目，把我吸引住了。文字洗練而不過濃，言之有物又肯中時弊，除了偶有偏見外，一不要文藝花槍、二不為酸腐道德教訓、三不掉書袋、四不以凌人氣勢的《春秋》太史筆法斷論，頗合我意。次年年底，《聯合報》駐日特派員王光逖（司馬桑敦）先生的通訊稿見諸報端，內容豐富、報導翔實、析評透闢，加上文字綽約精爽，是知識性、可讀性極高的出色好文章。於是，我的注意力遂從副刊向正刊游移了。

我當時對《聯合報》情有獨鍾，還有一個「愛屋及烏」的特殊因素，也值一提。四十三、四年間，我認識了現任《聯合報》社長劉昌平先生。昌平先生那時正在追求《新生報》名記者（現在的劉夫人）黃順華女士，走動黃府甚勤。順華女士的先翁振玉老伯，與先君誼交北大，且也短期在故宮跟先君共過事，兩代實係通家之好。我在台北讀書，幾乎每周末都去黃府「打牙祭」，故常與昌平先生見面。我稱順華女士為「黃四姊」，也就尊昌平先生為「劉大哥」。劉大哥篤厚從容，謙彬有度，端的頗有兄長之風。那時他任編輯部總司令，麾下良將如雲，用命得宜，《聯合報》的編輯部大旗，迎風招展，敵軍為之震撼。我有了與劉大哥的這份交情，自然「私心」更重了。

四十七年，讀了聯副數載之後，忽然技癢，似乎很不甘於永為讀者了。這情形髣髴老饕遍嘗天下美味，到了某一階段，就想「露兩手」一樣，於是決定投稿了。當時，報紙副刊雖云各有千秋，但在讀者及作者心目中，總是覺得聯副風格獨樹，取稿標準也略高一籌。好像作品一經其刊布，前途便「大有可為」似的。我的「俗慼」再度作祟，幾經考慮，投出了第一篇作品〈蚱蜢〉。不期竟蒙主編謬賞，是年五月二十九日赫然見報。大喜若狂之餘，跑到台大對門的「泰豐樓」，發狠吃了一頓特級客飯以示慶祝。此後，斷斷續續做了約六年的「學生作者」，以短篇小說為主。其間兩度得到徐澂先生「每月聯副小說試評」品提，益感興奮。

民國五十三年，我自台大中國文學研究所卒業，年底離台赴澳執教，次年轉來美國。這一直到五十九年，封筆七載，未寫過一篇稿子。原因有二：一是我胸無大志，對很多事都淺嘗即止；二是缺少學生時代的熱誠，加上海外飄泊，生活蕭索，心情很不穩定，人也進入中年，就很沒出息地等閒蹉跎起來了。不過，五十九年倒是我在「玩票式」的寫作途程中，具有轉機的一年。那年年底，終於結婚，生活不但大定，且全面改觀。意想不到的是，從大學時代就一直心儀的《玻璃墊上》作者夏承楹（何凡）先生竟變成了我的岳丈大人，而使聯副大放光芒的主編名作家林海音女士也成了我的丈母娘。這段姻緣，也可算是聯副的「花邊新聞」罷。

婚後，由於岳父母都是久負盛名的作家，又得到妻的鼓勵，見賢思齊，遂於六十年重拾舊筆，開始第二期為聯副寫稿。小說方面，自知技拙，不能再似大學生單憑血氣之勇，以青澀硬果廉價賣給編者，來滿足自己的發表慾了。故而揀拾異域生活餖飣，改寫散文。殊知天下竟偏有收購青果之人，民國六十三年，當時的《幼獅文藝》主編瘂弦，要將我第一期在聯副發表的，以及零星散見各報刊的學生時代作品，結集出版。出版之不足，三年後瘂弦接編聯副，又向我約稿，我也居然一口承應。「一個巴掌拍不響」，真可謂一個「膽大」，一個「妄為」。

這兩年來，瘂弦說：「我是越編勁頭越大。」聯副在他手中，再度大放光彩，而岳父母十年來所賜贈的《聯合報》航空版從未間斷過，看來似無了時，天天得與聯副見面，我是「越看興頭越大」了。親恩友情，綿綿不斷，我與聯副的緣分，大概是永無了時了。

振衣千仞崗的時代

民國五十七年六月，美國亞洲研究學會在賓夕凡尼亞州的費城舉行年度會議，我自西岸赴會。會後，應在普林斯敦大學執教的老友唐海濤師兄之邀，趕往一聚。朝夕匆匆，夜宿唐府。那時海濤乃瑛兄嫂來美未久，昔日在台大學時代的鷹揚神采還滯掛眉吻之間。六十九年同此時期，我應當時普大教授陳大端師兄之邀，往設於浮漭州(State of Vermont)之明德學院(Middlebury College)普大夏季中文研習班執教，再造普城。二度歇腳唐府，主人夫婦盛情款待，故人重逢，把酒懽敘。上次見面，我猶未婚，而此番又見，主客皆入中年矣。兩鬢飛霜，雖逸興尚存，豪情卻減。夜晚燈下談及台大舊往，文學院前春朝花事，年年燕子去來，暮暮老鐘惕厲之情景，天涯棲遲，不禁對坐唏噓。惆悵之餘，我乃率先漫成小詞一首，調寄〈蝶戀花〉，詞曰：「記得春鵑花爛漫。新燕來時，醉舞樓前院。年少鷹揚習鑄劍，人間不識滄桑變。　荏苒星移節序換。老去江湖，鬢邊秋霜見。惆悵花前天向晚，普城西望長安遠。」海濤即席奉和，曰：「曾是當年春爛漫。一片丹心，照向誰家院。意氣恆存書與劍，關情最苦山河變。　歲月偷移風物換。萬種閒愁，夢裏依稀見。暮色蒼茫天欲晚，凝眸東望魂飛遠。」

憶及當年斂心習治，激辯發微，縱酒歡歌，低昂舒豪，或聚友秉燭橋戲達旦之種種，「一片丹心，照向誰家院」，真是「凝眸東望魂飛遠」了。匆匆十四寒暑，今年五月初旬，海濤電話告謂以肩痛為苦。彈指之間，而今春已歸去，端陽過了，日前接到學校系內通知畢業生飲酒歡宴的事，方始恍悟自己初入大學之際，竟是四十年前了。

我是民國四十二年進入台大的。斯時的台灣，中央政府方自大陸撤守來後不久，百事待興，人文疲弱。當然，即便在經濟上，也如雨後泥濘的地面，行走困難。那時政府的口號是「發揮克難精神」。艱苦生活，我於抗日戰爭期間已經備嘗，而斯時再度發揮打拚精神，在情感上不能不說是一種尷尬。物質方面雖云未若今日之豐饒富有，但較之抗戰時期堪稱進步甚多。唯一感到貧乏的，是人文空氣的稀薄。在學術界，除了傳統國故性的文史著述外，於思想領域稍有新說之文章立論均在禁斥之林。精神上的滯凝空虛，在物質層面的外型上，卻被學界（尤其是台大文、法學院）之士的長衫大褂給托襯起來了。說是「靈與肉」的聯配，似亦不可。當時大陸上共產黨得勢立國不久，國故慘遭撻伐銷毀，全國一片紅海，學界早年北大有識之士所穿著的藍布大褂長衫也都被棄，列寧毛裝男女皆一。所幸那樣的藍布長衫大褂，卻被少數學術界人士隔海帶到了台灣，在戰後遭東洋日本統治了半世紀以上而光復的島上，「振衣千仞崗」，飄起了一片藍色的士幟。襯著大海青天，予人一種振聵啟聰的興奮。「意氣恆存書與劍，關情最苦山河變」，就在那樣的歲月中，就在人文空氣稀淡的社會裏，彷彿黃河之水天上來，尤其在自由空氣秉持北大五四精神傳統的台大校園內，對青年學子詔啟著滌心拭目以維人格自尊的器識。中原板蕩，光存神州一隅，藍布長衫大褂，未想到竟給與了我厚實樸拙的人文精神給養。我不但看到了中原文化的源綿，也在台海一島上看到了人文精神的支建。藍色大旗，迎風招展。

我就是在那樣的時代背景下，那樣刻苦的物質環境中踏入了台北市羅斯福路四段椰林滿佈的台大校園。我也就在那樣的時代脈搏下，感受到了「十丈紅塵，千年青史；一生襟抱，萬里江山」的豪情書憤。

那時的台灣社會，不若今日之奢頹華逸。人民的生活，一般說也不似時下的疲靡鬆弛多樣化。復國之志，在政軍兩界至為彰明。文藝方面，有所謂「戰鬥文藝」，執牛耳掄羣鋒，絕對沒有今日的百家爭鳴、各有千秋的局面。所謂「器識」，在今日之台灣，大約已被摒斥為迂腐，精神方面的恢建似頗不易。而當時的台大，至少在文、法兩學院，特別是前者，藍布長衫大褂的形象，至少於有限的地域時空中，那片旗海，在勁風發發翻浪聲響之下，撼起了祖逖的氣勢。

初入台大，我是攻讀法律的，在校總區上課。我的班上，大一國文由法學院各系學生組成。我們的國文分數在新生錄取時都名列前茅，按照學校規定，原本可以國文免修。但大一學生對院系中何課自認合適，全無定則。於是乎我們乃有志一同，決定還是習讀大一國文。學校為我們成立了「大一特別國文班」，由中文系孫雲遐先生擔任教席。孫老師已經年過花甲，一年四季不是一襲藍布長袍，就是白絲綢的中式袴褂。他慣常打搖著一把扇子上課。一口江北話，抑揚頓挫很有節奏。那時大一國文是傅斯年先生任校長時取決的《史記》和《孟子》。孫老師搖頭晃腦吟著原文，時而返轉身子在黑板上書寫各家箋注。他書寫緩慢，同時要學生以眉批方式抄寫在書頁上端。我們對於這種鄉村私塾式的冬烘教法，自然不表贊同。孫老師面向黑板書寫時，我們就在梯形教室（當時的「臨時教室」共得十二間，就在台大校門進口的左手邊，如今已被拆除改建農業推展館了。梯形教室就在三排臨時教室的最後一個單元）中傳遞小報告，對坐在前面兩排的女生髮式、臉型、身材作扼要評論，或以打油詩揶揄老師，或散發花生米等，於是不禁失笑出聲。孫老師回轉身來，走上梯形教室的頂頭，要發現誰是始作俑者。對於未將他在黑板上寫下的各家箋注抄在書頁上的學生，很不以為然地抿嘴繃面道：「不要以為你們的國文入學成績不錯，就自大了。要是你們認為自己已經學足，就請退席，不必勉強。」言甫畢，就有幾位同學自座中起立，收拾書包，然後默默魚貫走出教室。

像這樣尊重學生人格的情事，我在台大法學院及文學院還有另外的經驗。法律系執教憲法的是當時的司法院大法官曾繁康教授。曾先生是四川人，一口四川國語。他平日都是西裝革履，但入冬以後，也常換著藍布大褂來上課。曾先生是四川才子，他常告諭學生，學法律的學生一定要文章好，筆下能文，不是硬梆梆地背記法條。他慣常把我們考試文筆好的考卷帶到課上，高聲朗誦給全班同學聽，有時還略作講說潤飾。朗誦既畢，意猶未盡，竟以快速的四川腔國語道：「我當年在大學讀書，文章硬是寫得好。我的老師也如此覺得。結果呢？我的老師給了我一百零一分。那一分就是因為我的文章得到他的欣賞另加的。」

我後來轉投中文系。三年級時選課「中國哲學史」，由范壽康先生主講。范先生戴著闊邊深度近視眼鏡，拎著黃色公文皮包，身著中式袴褂，外罩了大褂，每次搭乘三輪車到文學院上課。范先生的白色府綢褲子燙得很是直挺。奇怪的是，平常男仕的褲子燙出紋路來，都是前後有如刀鋒。而范先生的褲紋卻是鋒在左右。范先生的口音是浙江國語。他上課，先是從懷裏掏出講稿，講稿早已泛黃，因摺疊破損，他便攤放在左掌上，右手抓起粉筆，在用浙江國語誦完一句後，便把該句橫排寫在黑板上。年年如此，如果借得高班同學的筆記，經核對之下，便會發現一字一句不易，而且每日抄寫到何處都無差錯。到了考試的那一天，范老師親自到考場發卷子。發卷既畢，以手托托眼鏡，微笑著用浙江國語對同學道：「知之為知之，弗知為弗知，是知也。不要作弊，交白卷者六十分。」有同學肅容相詢：「此話當真？」范老師笑嘻嘻回答：「君子無戲言。」於是某同學雙手呈上白卷，范老師也即刻自懷中掏出鋼筆，在白卷上當場畫了「六十」兩個阿拉伯字。

此種台大老師當年的瀟灑儀行，於我在法學院求學時期，王伯琦教授的「民法債權總則」一課上也發生過。那時法律系班上忽然多出一大堆政府官派的所謂「大陸大學流亡台灣寄讀生」來。這些「學長」們，不但與我們在台招考的學生在穿著上有異，而且在儀行上差別殊大。男生手拈香菸一口黃牙的極多，他們基本上亦不與台灣大學本科生來往，組成了「外來幫」。這批外來幫的老學長們，於考試時展示的身手，就頗令我們瞠目張舌，嘆為觀止了。他們把教室的木製桌椅重新排列，前後左右成為一直排，外人無法插入。於是，在考題發下之後，老學長們索性把講義、筆記本及課本參考書等，公然擺在腿上，照抄無誤。其掀動篇頁之聲，唏唏嘩嘩，驚動全場。王伯琦老師穿了中式袍衫，坐在講台上，雙手舉著報紙攤讀，故而我們也窺不見他的面部表情。翻動書頁之聲不斷外，老學長們的訊息傳聞亦盈盈於耳。有人失手將書冊不慎翻落在洋灰地上，橐然有聲，在空氣靜肅的教室中，霎時很是寂然。此刻王先生輕咳一聲，仍以報紙遮面，用低半調不疾不緩的嗓音說：「翻書講話適可而止，不要聲音過大了。行為也該收斂熟練一些。」這種知法犯法的事，也便在達人的幽默無奈處理方式下暫告平息。王先生未敲驚堂木宣稱退堂，亦未對老學長們刑求或訓斥。君子自重，這便是早年台大文法學院的師長們一種律己恕人的方式了罷。

俟我轉入文學院後，師長們在藍布大褂後面展現的一種君子坦蕩的神采，在數位老師身上仍可見出。中文系講授「訓詁學」的戴君仁師，某次講到「足」字，於是一聲不響，捲起大褂袖口，用粉筆在黑板上畫了一個大腳印，之後，退到堂下，站在教室旁邊的窗側，歪著頭審視自己塗畫的足跡，嘖然有聲道：「這是什麼？一隻大腳步鴨子。諸位，腳步有輕有重，能不慎乎！」還有一次，戴老師穿西服上課，但不慎將內褲白色褲帶露於褲外了。上課期中，前兩排的女同學大皆低頭疾錄筆記，男生則彼此擠眉弄眼。下課鐘方響，戴老師將書冊講稿倉卒放進那只老舊的大皮包，提拎著以虎步搶出了教室。我身為大三班代表，乃奮不顧身，也緊趕了出去。於追上戴老師後，囁嚅著對他說：「您的……。」戴老師循著我的眼光向下一望，搖搖頭說：「要是今天穿大褂就好了，現在連藏拙的機會都沒有！」說著，就當眾在臨上交通車前把那截白色褲帶塞了回去。

教「聲韻學」的許世瑛老師也有妙事。許先生也著藍布大褂，他的深度近視，已經到了書本上的字，必須放在鼻端不退眼鏡方可看見的情況。上課時，因此徐徐上下移動書本，結果書頁上的黑字把他的鼻頭都擦染黑了。某次介紹「兒化音」，他忽然把書本往講台上的桌面一放，快步走下堂來，踱到班上女生中唯一梳紮了兩條髮辮的陳琪身旁，用右手食指挑動陳琪（今中央研究院歷史語言研究所院士丁邦新學長的夫人）的髮辮，以清晰的北京口音向同學們說：「小辮兒！小辮兒！」在許先生深厚的近視鏡片下，我們也看不清他的眼色，自然也就不會十分地感到尷尬了。

中文系系主任臺靜農老師，有一次下課後步行返回溫州街十八巷六號的台大教員宿舍。我跟某同學隨伴。臺老師問及某生選了些什麼課，某生據實以告。言畢，又稍顯赧慚的低首微聲說：「不瞞老師說，有些課我實在不太用功，很少去上課。」未料靜農老師未即刻回應，突然停步，側首遙望雲天緩緩說道：「假如老師狗屁，不上課又何妨！」他那一臉滿不在乎，毀譽生死置之度外的神情，就在被微風夕陽掀動起的藍布大褂衣角翻浪時，倏忽臺老師整個人化身為行吟江畔的三閭大夫屈原夫子，隨著他上《楚辭》課時的濃重安徽口音，借風飄逝了。

當年在文法學院秋後時常或偶然穿著長衫大褂的師長，在法學院尚有林紀東教授、梅仲協教授、傅啟學教授、薩孟武教授；在文學院，藍布長衫的師長羣便更其彰顯突出了，諸如沈剛伯、夏德儀、姚從吾、吳相湘、方豪、余又蓀、徐子銘、李濟、高去尋、方東美、殷海光、毛子水、鄭騫、史次雲等教授，蔚為大觀，塑成了「反共抗俄」時代的台大人文風氣。

但是，那樣的「振衣千仞崗」時代，畢竟隨風飄去了。我想，自從中國大陸由共產黨政權執政，破傳統舊教以來，中國近代史上的人文象徵五四藍布大褂的遺風，彷彿天邊雷電一閃，也就在台海一隅退隱到厚厚的雲層後面去了，沉沉寂寂了。那也可能是象徵著傳統士風的退逝罷。當時氣度一勢，語音盡殊的時代，似乎略微地反映了中國傳統的科舉時代的士風，僅只那麼輕輕如影似幻地招搖了一下，便化作永遠的歷史遺風了。

最近展讀西雅圖華盛頓大學經濟教授馬逢華先生〈記西南聯大的幾位教授〉一文，他說：「當年三千流亡師生，在土牆茅舍、簞食瓢飲的物質條件下，弦歌不輟的情景，到現在還不能忘記……那一段大學生活中……最難忘懷的，還是我曾幸得忝列門牆的那些老師。」於是引發起我寫這篇文章的動機。四十年前的「新樂園時代」早就飄逝遙遠了。如今在大學師生們口音用語都顯統一的時代，就越發懷念起當時同中有異的種種，這大約也是一種懷舊的深重情感罷！

玫園舊事

前幾日天氣轉變，淒淒下起雨來。今早逢周末起身，蹭蹬到起居室的落地窗前，斜眼睇視後園，經過雨水的濡潤，僅餘的兩株玫瑰，竟然含苞待綻。其實，朱色單瓣的一株，有一蕊已然吐放一半，細雨灑過，一如溫泉水滑浴罷的楊玉環，雲鬢花搖，嬌弱無力。我雖非明皇，睨視佳人容顏，卻也不禁遐想起來。我所想著的實際上倒不是絕色佳人那一枝紅豔的楊貴妃，而係三十五年前台北大理街的玫園往事來。

玫園是新漢父親的府第。冷冷悄悄地坐落台北大理街上。大理，我在初中地理書冊上便知道是雲南省的一個地邑。沒有去過雲南，但當年的台北大理街也就恰似雲南高原上的大理一樣清冷蹇縮罷。那時我方轉投台大文學院，結交了一批特異獨行、任性惜志的新朋友。新漢那時是外文系三年級，奕奕頎然。他總是穿著得瀟灑得體，菸不離手。而一手媚逸的鋼筆字，更是儕輩姣姣。長袍皮鞋，嘻笑神采飛揚的就是當年杜鵑花城中的五四少年再生的李敖了。還有大智若愚，偶露玩世之態的馬戈；以及歡喜煮酒高唱道情，打油消遣的小老弟彥增。

那時（五十年代後期），還不是政治開放、經濟燦爛的局面。李敖、馬戈、彥增和我，吸菸仍是抽用零售的「新樂園」時代。偶然用意外的收入去羅斯福路三段的四川小飯店「壽爾康」吃一頓特級客飯以過食癮；在校門口巷弄內的紅棉撞球店打幾盤「老渾蛋」（七分黑球乃是我們心中公認的可惡可恨的人、事、物，必然在一局撞球最後將之快速一桿打落袋底方始稱爽）；之後來一杯燒酒，吃一碗熱呼呼的攤上的牛肉湯麵，佐一碟油炸臭豆腐，那也就是大學生稱心如意的事了。

除此之外，在當時只能低談理論，尚不可力行的時代，我們能做也願意做的，也就只是清談了。清談要有場所，宿舍裡人多嘴雜；碧潭吊橋下泛舟太過清遠，且也不能「日日新，苟日新」；台北公園門口懷寧街的大新冰茶室聆聽古典音樂，小啜冷飲固好，究竟不宜高談闊論，心曠神怡。那麼，到新漢家去玫園夜話，便成了我們意想不到的良機勝地了。玫園是一所高級日式的房子。玫園主人新漢的父母從不過問他們獨子交往的朋友，自然更不介意我們這批人的行徑。當然，我們所談的無非是形而上的理論，最多及於對時務的針砭撻伐，或者忘言胡謅打油詩句調笑。有時也偶然言論一己的戀愛哲學。新漢總是準備了香茗一壺、雙喜牌好菸兩包，於是陳、景、李、馬、莊五子，經常夜話至更深。有時誤了晚上返校最後一班公車，我們便搭乘三輪車充大爺回去。

新漢大學畢業後，與同期的李、馬同去軍校大專學生集訓，然後分發各地。於此期間，我們便未續往玫園夜話。其後，他們退役，但各為營生謀命奔走，雖在李、景二人鼎力為《文星》雜誌效力時偶去玫園小聚外，通宵夜話已甚罕有。俟老馬、新漢先後出國，玫園夜話終成煙散。

七十年代末期，新漢自山西省祖地太原陪高幹來美，我曾驅車往海灣以北的柏克萊與之相見。物與人俱非，在他的旅邸小室中，二人靜靜的吞吐美國香菸。唏噓之餘，只談說域外人事與他離台後的十餘年滄桑，未提玫園舊事。但是，我肯定，在新漢玫園主人的心底，必然有著「物是人非事事休」的感歎的。煙霧雲漫，客地重逢的寂寥中，「新樂園」的時代，一下子去遠得杳杳了。今年夏秋之交，彥增文華伉儷相訪於酒蟹居，盤桓五天，盡歡終日。臨賦歸前，彥增口占打油三首贈我。內中有句云「酒蟹居裏一對雞，起舞不在喚祖逖」，不知是否也對當年玫園中的玫瑰豪情，作出帶刺的揶揄哩！

天寒歲暮念斯人

自一九八二年開年以來，整個加州被罩在淒冷的寒流裏。而前兩天一個起自太平洋上的氣團，挾帶大量豪雨直撲北加州。舊金山海灣區一帶首當其衝災情慘重，在電視機前看新聞報導，近郊因遭水淹無家可歸的或居住偏遠地區因坍方而造成家破人亡的災民數以千計，真是怵目驚心。萬萬沒有想到，住在金門大橋以北馬林郡的舊金山州立大學教授許芥昱先生，竟因房舍遭雨水沖流，自高處塌落山坡下而遭意外，被泥沙活埋了。消息傳來以後，開始是不能置信，因為我在上月一次聚會中還跟他握手言笑，而今他是生死未卜，真可謂天有不測風雲，人有旦夕禍福，令人感嘆。

許先生雖然跟我是同行，在海外傳授中國文化，而又同客金山灣區，可是相識不過數年。第一次彼此見面，是一九七七年，在畫家馮鍾睿舊金山的家裏。那次，瘂弦自美返台過金山，住在馮家。一天晚上約我去馮府見面，在座的也有許芥昱先生。許先生雖專攻文學，但對藝繪不但饒有興趣且有才情。我們那天晚上所談的，不是文學而是藝事。

許芥昱先生很健談，人也風趣，知識博通中西，加上他瀟灑的個性，刁著一隻煙斗，不落俗套的侃侃而談，給我很深的印象。他的書藝和潑墨寫意，融會中西技法的文人畫，在美國的中國學人中是相當富有名氣的。

他知道我喜愛書道，遂相約二人交換作品一張。我以為他只是說說而已，孰知三天以後，許先生竟打電話來，說是他已寫好條幅一張，只待我遵守信約，盡速交卷，就可以「成交」了。從這裏可以看出他對藝術的忠誠，和出言不苟的性格。而我一向疏懶，竟一再拖延，一直到今天也沒有「踐約」。現在思之，不但慚愧，也真是悔不當初。

第二次和許芥昱先生正式見面，是在三年前由《時報雜誌》主持的「大陸文學座談會」上。出席的人還有柏克萊加州大學教授杜維明，和舊金山州立大學的鄭繼宗先生。那天所談的是文學，許先生又發揮了他輕鬆詼諧的個性，對大陸政治操縱之下的文藝，做了中肯而精闢的評論，再一次給了我很深的印象。那次會後不久，許芥昱先生又打電話來說，正在編譯一本介紹中國近代作家作品的書，邀約在美各大學講授中國文學的中國教授撰稿，並附英譯作品一篇，希望我能自選作家一人共襄盛舉，而我又因疏懶成性而婉拒了。

許芥昱教授在舊金山的州立大學開講有關中國文學的課，大量取材中國的山水畫和舊詩，把傳統的中國文人、詩文、書、畫的藝術結合起來，頗受學生喜愛。恐怕他是在美國以這種新穎的方式來講授中國文學的第一人。

在美國各大學擔任文學教席的華人學者，有的自視甚高，甚至倨傲不群、嫉才妒人，而對同行相輕。許先生卻不是這種人。更有人挾洋自重、排擠打擊學界華裔學人。許先生更不是這種人。

近年來，許芥昱教授對中國近代文學的譯介付出了很多精力。他曾跟我說，願意在有生之年，多盡力於這方面的工作。他不像某些教授一向持厚古薄今的態度，這也是令人相當感佩的。特別是近幾十年來，美國大學的漢學界興起了一陣來勢洶洶的排華風氣，許先生的不幸失蹤，真是學術界的一大損失。

歲暮天寒，像許先生這樣精力充沛、誨人不倦、勤於著寫而兼具才情，更對生活達世自放的學人，忽然遭到不幸，就很令我有一種天涯悲哀寂寞之感了。

王荊公有兩句詩：「坐感歲時歌慷慨，起看天地色淒涼。」正好道出了我此時的感受。

記「立吞會」的緣起

——兼懷吳魯芹先生

七月三十一號、星期天，大約夜裡十一時左右，岳母林海音女士自台北打來電話，說吳魯芹先生死了。放下電話以後，我跟美麗良久沒有言語。

這兩年來，我在這裏認識的前輩作家、學人，誼兼師友的，前有王光逖（司馬桑敦），後有許芥昱，現在是吳魯芹。竟有三位之多已成古人，真是令我難以招架的哀傷。而每一次得到惡耗都是一通電話，現代文明予人以大方便的東西如此，要是總起著這樣的作用，我寧可回到唐宋年間，甚或不知有晉的桃花源去。

可是我必須接受這一事實，儘管心裡如何覺得難以置信。

就在四天以前，公元一千九百八十三年七月二十六日，魯芹先生夫人和我們夫婦曾在一個宴會上見過面（而且我們就在他們鄰座），還談笑甚懽的，這豈非「最後的晚餐」，真的應了「聚散真容易」那句話了麼？當時的感受，正可以借用死者去年為紀念他訪、他喜歡的美國知名作家約翰・契佛(John Cheever)逝世的文章中幾句話來形容，是「思潮起伏，想起若干瑣事，似乎死者的『音容宛在』，真的就這麼走了?」

約翰・契佛是去年六月十九日作古的。那天晚上，吳先生夫婦在酒蟹居作客，與座中文士才女嘉賓談起，大家對如契佛者那樣一位講求文字的高手溘逝，不免唏噓。魯芹先生在駕車返寓途中，因他兩年之前訪問過的心儀作家之死而「思潮起伏」自是「想當然耳」，而我現在，卻在他寫了那篇紀念文字的一年之後，引用死者懷悼死者——他心儀的作家的語句來寫這篇文章追懷死者——我心儀的作家，更是思潮起伏，感慨良深了。

我無意將魯芹先生的文章在中國文學史上的地位和約翰・契佛的作品在美國文學史上的地位來加以比較。不但因為蓋棺論定非干我事，也因為他們的文學種籽孕育在不同的文化土壤中，正好像西紅柿（番茄）和苦瓜之間無從強說孰為美味一樣。但是，我有一種強烈的感受，那就是，近代及現代中國高級知識分子，包括學人、作家，他們因時代的不幸而為國為民族犧牲、而墮落、而變節、而殉節、而放逐、而自抑、而遭受迫害的慘痛，卻是近代及現代美國高級知識分子所不可能瞭然、也不可能想像、更不可能遭受的。約翰・契佛可以隨心所欲寫他想要寫可以寫的一切,他可以把身上每一個細胞所能散發的能量和作用用之於文學,他可以自由的搭疊文學的積木，他可以自由的思索、自由的充實自己，然後像春蠶一樣自由的吐盡心中的晶絲，然後化成飛蛾，產下成千成萬的新卵，再生出新蠶，再吐晶絲，最後織成巨幅的亮麗的絲帛，裁成新衣，穿在千萬人身上。約翰・契佛不必自我放逐、不必浪費時間、精力、和文學才情去自己動手從事譯介，更不會客死異鄉。然則，也正因為如此，在我們的時代和環境裡，像吳魯芹先生這樣的慎獨、愛好文學、知道愛惜文學的價值及其生命、具有高尚的中西學養和文筆，在可能的限度下，把他博通的文學知識和情愫，溫文爾雅地、不著火氣地、不故作驚人之筆、不強辭奪理、不矯造地在貧瘠而亟需努力培育的純文學土地上揮汗耕作、刻意灌溉，三十年來，具有這種條件的又得幾人？基於這一點，他的死，是很令人深度惋惜的和難過的。

•

我知道吳魯芹是誰，還是將近三十年前在台大作學生的時候。當時吳先生在外文系開課，用的名字是吳鴻藻。我是法學院的學生，沒聽過他的課；後來轉到文學院，也沒有聽過。轉系需要補上的課多得可怕，而且必修課幾乎佔滿每學期的學分，我本來就不是用功的學生，對旁系的課即使心有餘也是力不及的。但是，我看過他以「魯芹」署名所寫的文章，而且極為喜歡。不過，我卻是在過了一段時間之後才終於把吳鴻藻和吳魯芹兩者合成一人的。所以，說起來，在當初我是「知其人而不知其文」或是「讀其文而不知其人」的。

到了幸識其人，卻是二十餘年後彼此同在江湖，同在（金山）灣區淹留，我到了他昔日台大為人師的歲數，而他已是蘊藉遠奧的耳順之年了。

去年春間，在灣區文友喻麗清家的自助餐會上，有幸拜識魯芹先生和夫人。那天他們到得最晚，門開處，魯芹先生背著雨後清光立在那裡，霽色將他的一頭華髮潑灑動人。淺藍色爽挺的整套西服、藍領帶，配上一雙纖塵不染的黑皮鞋，清英雅淡中見其綽約，極是瀟灑。

介紹已畢，我向魯芹先生道出當年「知其人而不知其文」的往事，他以非常悠緩的表情推出謙和的微笑，說：

「吳鴻藻真該死，你就把他完全忘記好了。」

於是我又表示，當年做學生時，對在台學院派的師輩作家，我喜歡的且認為能寫高級散文的，只有梁（實秋）吳二位，如今六十以上我喜歡的並認為能寫他們那樣的高級散文的，仍只得他們二位。吳先生聽了，依然推出謙和的笑，並且勻出一隻手來壓放在我肩上，道：

「老弟，你這是當面給我高帽子戴了。作翻案文章，務必小心從事，慎之！慎之！」

在印象中，當年在台大執教的吳魯芹，以他那樣的身高來說，可算是矮胖型的。但是，吳先生總是穿著齊整俐落，腰板畢直，行動捷敏中度，予人奕奕煥煥而非臃腫之感。二十餘年後，江湖垂老，他還是穿著齊整俐落，且毫不顯胖。對於體重昔非今比一點，吳老引用約翰・契佛何以當年縱飲無度而決心戒酒的例子，指著盤中餐——幾條青菜、小蝦三兩隻，和微量肉類，說：

「這應該可以說明一切了。要想多活就少吃，要想多吃就少活。權衡之下，選擇前者。沒想到來了美國又發揮起克難精神了。」

大家都被吳老的幽默引笑起來。吃著喝著，話題就自然而然轉到吃上去。此時吳老忽然發現只有他自己端坐椅中，除了一、二位女士外，男士們都捧盤環立左右，於是大感不安，即請大家落座。我就此接過話題，說日本有一種專門賣麵條的小型速食店，多散佈在通衢驛站鬧區附近，爿面狹窄，通常是兩面牆上安放不到一尺寬的長條木板當作桌子，不設椅凳，客人面壁就板站立著吃，名曰「立吞」。吳老素來講究文字，對「吞」字大為激賞。吞者，大約是求省時省事，趕路方便，取其狼吞虎嚥之意。他認為「立吞」二字言簡意賅，傳神之至，此亦為文要訣也。一時興起，竟當場面邀座客並主人，約期在秣陵郡吳府「立吞」一番。

那次聚會以後不足半月，我就接到了魯芹先生的請柬。帖子是以「立吞會」名義發的，並且書明了in your honor字樣，這才恍然大悟，原來「立吞」一語經我提起，這無意中道及的事卻給了吳老靈感，竟以籌備主任或策畫人自任，組織起一個會來，未經民主投票提名選舉，竟然內定我為首任會長了。

五月十五號中午，立吞會第一次聚會如期在吳府舉行。是日也，天朗氣清，薰風和暢。到當然會員（上次聚會吳老面邀者）十二人：段世堯、陳秀美（若曦）夫婦、唐孟湘、喻麗清夫婦、金恆煒、張文翊夫婦、王敬弢、陳永秀夫婦、馬國光（亮軒）、陶曉清夫婦及筆者夫婦；貴賓二位：甫來金山州立大學講學的齊邦媛教授及殷張蘭熙女士，賓主共十六人。立吞會者，蒙古烤肉饕餮大會也，並無麵條。吳宅前院，紅男綠女，人語蝶舞齊飛，醇醪美食溢香；文學藝術、時局世事、各人經驗、瀛海趣聞、天南地北上下古今，熱鬧非凡。

談說飲用之際，忽然聽到平劇皮黃之聲發自宅內。相詢之下，才知播的是「鎖麟囊」，由當年魯芹先生在台時的名伶顧正秋所唱。魯芹先生生於上海，及長入武漢大學攻英美文學，在台除在外文系任教外，並兼任美國新聞處顧問。一九六二年赴美講學，未久即去美國新聞總署供職迄於七九年退休，可以說是一個自幼小以來長期與歐風美語接觸的人。但是他沒有一般滬上洋場作風與儇薄習氣，不故意賣弄其洋文知識，讀書達禮，其為人清雅、其談吐摯懇、其出語輕鬆風趣、其思想博通、其文章蘊藉，融和中西汲取菁華，不腐不窳，不狷霸、不釣譽，你可以在他身上看到涵蓋了傳統儒與士的風骨行操及文人的雅約一面，和西方文化神髓滋育了他所展現流露的典麗優美細緻的高級知識分子風格的另一面。就拿這次立吞蒙古烤肉配以京戲的安排來說，充分表現了魯芹先生的細緻文化感：十六人離鄉去國，遠在天涯，他就是刻意要造成一種「堂會」印象，令你在一時渾然忘我中領受短暫卻是純正的文化歸屬感。

那次盛會之後，我們一直在籌計著第二次立吞會該在何時舉行的事，原則上定在秋後。但魯芹先生夫人自台返美以後，一直因積勞未復，在山居靜養，未便驚擾。等到十月下旬雨季開始，也只好期諸來年了。

今年開春後，吳老患感冒不幸轉為慢性支氣管炎，久久不癒，舉辦立吞會的事又延擱下來。這一直到上月二十六號，彼此未曾謀面達八個月之久。

那天吳老抱病赴宴，仍是衣冠楚楚，仍不時推展出謙和的笑。他胃口很好，偶有咳嗽，故間時服用止咳藥片。他對我們說，前些日二女兒于歸，竟因病不克送女出閣(Give away)，言下不勝惆悵感慨。我於是趕緊岔開話題，問他夏志清先生五月來西岸出席《紅樓夢》文學討論會後跟他相見的情形。他說，那當然是極為高興的事，不過夏公對於他山中索居頗不贊成，力促搬到紐約，重享都市生活。吳老從不諱言嚮往紐約多采多姿的豐富生活，我親耳聽見就有三次之多，這次亦不例外。他說他由衷喜愛紐約生活，別人總是數說紐約如何如何不是處，他都一再挺身為紐約辯護。他坦白承認自己不是甚麼志在山水之間的雅人，但是我們都知道他在文章中所表示的這層意思，有著對於旅遊趨於一種時尚的「俗」事後的反諷；那些自認風雅懂得行旅之趣的人，在吳老看來，實則俗不可耐的。除此之外，我自己還有另一層感覺，吳老對於美國，除了一二大城、若干有歷史性及文人作家故居以外，並未有其他記遊文字，他的旅行是在有文化傳統的歐洲。中國山川勝景吳老當然神馳夢縈，只是無由去之，相形之下，美國的這點山山水水，似乎很微不足道了。

他說他真想也真願意住在紐約。但是紐約居大不易，太貴了。當然，誰都知道紐約客分三、六、九等，真會享受生活的、具備享受生活條件的屬於哪一等人，盡在不言之中，魯芹先生的幽默就在這裡了。一言以蔽之，吳老是一個極講求精緻文化的人，這在他的文章、為人、談吐、應對、對事物的觀察及批評，甚至個人生活衣食住行諸方面都表現無遺。

那天大家正準備退席，吳老忽然得意的出示其方才到手的「老人證」(Senior Citizen Certificate)，聲言可以「安於老」了。申請老人證的資格是壽高六十五歲，他說他今年六十六，按照台灣的翻譯，Senior Citizen是「資深公民」，那他就是資深加一了。

歡宴在笑語中結束。

走出飯店時，吳老拉著我說：「這次見面，快慰何如。一俟咳嗽停止，就可以『立吞』了。」

我們當面許諾，只要他病一好，請即示知，就可立刻擇期舉行。目送吳老夫婦登車，握別時，一再請他多多保重。然後，看著汽車消失在霧重燈昏的柏克萊街頭。

誰也沒有想到，姑不論下一次立吞會何時何地舉行，身為大會的發起人、籌備主任、策劃人，且對本會用情最多的魯芹先生，卻永遠無法參加了。我願意以現任「立吞會」會長的身分（儘管由吳老一手任命），謹代表全體會員追贈他為我們的「榮譽會長」。下一次立吞會聚會，我一定會在一張請柬上書寫in your honor的字樣，焚寄天國仙鄉。先生有靈，嗚呼哀哉，尚饗。

一片冰心

去年九月伊始，老友師兄清茂攜秋鴻大嫂返台定居。打點既畢，他們特自東岸麻州西來加州酒蟹居，小事盤桓數日。六十年代中葉，我離台經澳洲輾轉來美，落腳加州北部舊金山海灣區的「跑了丫頭」(Palo Alto)城，在史丹福大學任教。其時，值清茂師兄讀畢博士班課程，赴日研習一年後，離開東岸的普林斯頓大學，接獲柏克萊加州大學校區的聘書，在該校遠東系初執教鞭不久。「跑了丫頭」與柏克萊只隔著舊金山海灣。同客異地，而相去僅盈盈一水之間。我在課餘或周末假日，就像「跑了丫頭」一樣，駕車過橋，到灣區東北部柏城的鄭府做不速之客。所謂「不速」，意指非請自至，且次數頻仍。清茂秋鴻兄嫂為我的不羈行止所困，喜煩參半，卻也出於無奈，遂贈我鄭府家門鑰匙一把，著我來去自由。

清茂師兄與我同庚，在月份上比我早些。因此，說來我稱他「師兄」確是名正言順。進大學，他比我早一屆，這是因為抗戰時期我四處流浪誤了學齡的緣故。台大中文系當年有三位成績優秀鄭姓的台籍青年才俊，清茂便是「大鄭」。下面有二鄭再發（現任美國威斯康辛大學東亞系教授，專治中國聲韻學），再下面是三鄭錦全（現任美國伊利諾大學中國語言學教席)。清茂師兄聰慧足學，為人清正，語言則木訥，可謂標準的「木雞」。我一向嬉皮笑臉，好為咄咄之言。自法學院轉學到中文系後，一下子卡到三鄭後面去了。大四那年，我與清茂同住基隆路台大第九宿舍。那時清茂師兄正攻讀碩士學位，我每晚自中文系回宿舍多在十點至十一點間，行至化學工程系長廊時，常與他對面擦身而過。他那時總是穿了一件綠色的毛衣，手指間夾著菸卷，離宿舍去中文系研究室夜讀或寫文章。見面時，彼此雖知曉對方，但互不招呼，四目隔著鏡片前視不爽。大概我在師兄眼中，屬於桀驁不馴的狂徒罷。

師兄在研究所研讀期間，他的人品及學涵得到系內師長的肯定。加以他的日語精湛，常為師長解決許多需要借助日語長才的學術事件。在獲得老師的激賞後，亦經推薦去實踐家專兼課，頗得學生喜愛，特別得到來自宜蘭的班上才女馮秋鴻的青睞。木訥博學多才的師兄，禁不住小婦人秋鴻女士的示愛，終於成了俘虜，兩人共結秦晉之好。

我與清茂秋鴻相處最長最稔的歲時，就在清茂在柏克萊加大執教的期間。我與我妻美麗的認識也在鄭府。從定情到結婚，前後大約一載。清茂告訴我，我選擇美麗為結婚對象的決定，得到了秋鴻的激賞。秋鴻大嫂對於我的婚事，既關注又尊重，但從不過問。清茂說，一直待我終於作成決定之後，他的耳根才開始清靜。我與美麗行禮時，師兄師嫂慨允充做伴郎伴娘。結婚次年（一九七一），秋鴻大嫂與美麗先後分娩，雖未指腹，大家的歡欣則一。這樣一來，鄭莊兩家的關係更近更洽了。

婚前在鄭府，每次馳車前往，多由我陪秋鴻大嫂去市場採購，返家則也多由我主烹。清茂那時正在趕寫博士論文，白天課餘留在研究室撰文，傍晚歸家，吃一餐熱飯。席間間有清酒，他每每低語行禮，表示無限感激。餐後，往往清茶一壺，二人對坐燈下，談些文學韻事及日本文化鱗爪。談得入港時，師兄燃菸頻頻，直如天馬行空，口若懸河，連秋鴻大嫂也聽得入神起來。有時談興極濃，他竟也忘了再返校區夜作，一發而不能止。談之不足，我更常在他們面前展紙濡筆塗鴉抹畫，弄到清晨二時左右始呵欠連連就寢。

前面提過，清茂師兄的日文造詣極深。他的日語精湛，是說、讀、寫俱佳。由於他是攻文學的，可說他的日語文學性極高，連日本文學界大師如吉川幸次郎及江藤淳等及學府學人教授皆表喜佩。雖如此，家居日常一切，清茂師兄可謂一介中國雅士讀書人，彬彬儒藹，氣清神閒，沒有一點日本文化的小鼻子小臉裝飾氛尚。鄭府唯一的日本文化，除了師兄習用的日文書籍之外，恐怕就數閒來偶然聽聞的日本歌曲唱片了。有一張當年由日本紅星青江三奈女士獨唱的「恍惚的藍色的憂鬱」唱片，最為我們喜聆。其原因一則由於青江女士的音色極美，些微沙啞濃郁多情的語調與眾不同；二則由於她所唱的歌曲，都係專人配詞作樂，唱詞多表達日本女人慣有的癡情又無力擺脫的人生情愫與愛的戀狂，頗能掌握斯時而立之年我倆的感覺；三則由於來美未久，家國之思常縈心上，而國破山河在的強烈感覺則無從平衡，思之一片恍惚。那盪漾的如泣如訴的歌聲一遍又一遍地在我們耳畔引起漣漪：

女人的一生就是愛戀，
一生為愛濡淹，隨水而去。
我啊！我在欲仙欲死
無盡歡樂的夢中醒來，
之後，就一片恍惚了。
今夕啊今夕，
它又悄然來臨。
啊啊！這令人心神搖盪的
恍惚的藍色的憂鬱啊！

是你啊！我為君狂！
憂鬱似霧，

如大珠小珠串鏈滴落
雲雨巫山，腸斷
之後，一切又都茫然恍惚了。
今夕啊今夕，
你獨自孤零零地在飲泣抽噎。
這令人心搖神盪
無從掌握的藍色憂鬱啊！
憂鬱的細雨如絲
我的心已濡透，
恍惚反惻。

三十年前初聆青江三奈的沙啞歌聲，其時我還是一個初至異國剛達三十而立的青年。不久海外保衛釣魚台運動事件發生了。而三十年後，師兄與我俱已白髮星星，年登花甲，子女也都大學畢業了。他們此番過加州返台，有著「歸去來」的激情，而我則仍棲遲天涯。三十載回首，一切的一切，真是恍惚一片。清茂秋鴻落腳酒蟹居的當晚，我便翻出自己收藏的青江三奈「恍惚的藍色的憂鬱」那張唱片，於寂靜的下午無言屏息聽著，我們相互瞅著眼睛，望著彼此的蒼蒼白髮，在第二度發生保釣運動的時際，新、舊；生、死；過往與未來；明與暗……一切一切，都倏忽在縱的時間座標與橫的空間座標交會點上，滴溜溜上下左右搖盪著。一切都掌握不住，一切都恍惚一片。

清茂秋鴻在酒蟹居小憩數日，終將搭機返臺的前夕，原想書李白「棄我去者，昨日之日不可留；亂我心者，今日之日多煩憂」贈別。卻又覺太過消極了，遂改以數年前書就裝裱妥當的李白〈月下獨酌〉四首選一相贈。詩曰：「花間一壺酒，獨酌無相親。舉杯邀明月，對影成三人。月既不解飲，影徒隨我身。暫伴月將影，行樂須及春。我歌月徘徊，我舞影零亂。醒時同交歡，醉後各分散。永結無情遊，相期邈雲漢。」至少充滿了豪放不羈的情感。清茂為之動容，捉筆在酒蟹居嘉賓留言簿上，寫下了李白七絕〈贈汪倫詩〉「桃花潭水深千尺，不及汪倫送我情」兩句道別。我在燈下望著師兄白皚皚前額微禿的頭髮，想著他每見及我定覺不以為然卻又悅慰的表情，一下子念起數年前師兄過舊金山返台與我夜訪柏克萊雲林禪寺林雲大師，三人酒後聯句的打油詩來了。詩云：

仙家有酒不學禪，

佛家無酒信前緣；
是仙是佛都不管，
禪緣只在有無間。

真是這樣，「禪緣只在有無間」。一片冰心，但以此贈願清茂秋鴻兄嫂，鵬程萬里，歲月無驚。

第四輯

十億零一

十億零一

一九九三年八月三十日，因事去了舊金山的唐人埠。說來蹊蹺，也許有人不信，我住在離舊金山三十餘英里，不到一小時車程的地方，而竟然與該城唐人埠闊別了整整六年了。六年，這是一個人自入世到進入小學的年紀，是一個人完成中等教育的歲月，也是中日抗戰艱苦奮鬥的四分之三流光。再說，更是我這初屆「花甲」的新老人的十分之一生命了。

我說時隔六載，還有另一主要原因。四年之前，忽染重疾，性命交關。雖有幸癒好，然遵醫囑旅行不越過三十英里之戒飭，一直低調保持「好病人」模樣，未敢踰越。以前「進城」，首項主因是去唐人埠採辦日用食品。舉凡五花豬肉、時新菜蔬、皮蛋海鮮、生猛鯨魚、細粉辣醬、瓜子花生（帶殼的），每次拖帶了摺疊的採購推車去，都滿載而歸。除了採購之外，在唐人埠中餐館大吃一頓解饞，再至兩三家中文書店瀏覽一番，一月的望鄉情懷便得到紓解了。雖不能說是「躊躇志滿」，但對旅居美國距中華文化僻遠之區的親友諷羨的「福地仙鄉」一說而言，也只有「傲視」之慼了。

但是，我之所以六載未曾親臨唐人埠的最基本原因，是因為該地為華青幫派的年輕人毀容。而十年之中，我們當初幾乎每周必往舊金山的強烈動機，都因海灣區南灣華人之廣增而相對減低。餐食日用及其他，凡是華人生活中所需各物，都不必捨近求遠，鋌而走險了。兩年前的大地震，將北上公路進入市區一段的出口交通道吊橋震垮以後，去舊金山勢須繞道，崎嶇險阻（黑人太多，且不顧市區交通號誌），都增加了少去金山的意念。

不過，我總覺六載未遊唐人埠的真正原因，是由於懶。前面所述雖皆屬實，卻並未實到凡六載兩千餘日而未曾過往。懶是藉口，加上有助於其崢嶸多韻的事實，便令狡辯的成分加重了。但是，不論怎樣，這六年竟也予我耳目一新的感覺。花園角停車處的場地正在翻整，原先窄小灰暗的電梯間，改建成了朱色牌坊型的一長排，總有七、八個門戶吧，壯觀靚麗多了。不過，唐人埠市區的建築仍未有新猷，破舊雜亂如昔。都板街上某幾處店鋪外沿行人道上販賣書報雜誌的小販攤仍在，不知道經營的人是否如昔。而現今的攤販仍是老頭老婦，默默無聲，一句英語也不會說的「唐人」則未改。而先前在都板街與積臣(Jackson)街交口處賣海鮮燒臘的義大利孖結（Market之廣東音譯），大約十年前歇業易主，變了一家販賣華埠紀念品及男女廉價衣衫的小店。這次經過，發現其仍未有新名店招。不但如此，原來的「義大利孖結」的老招牌居然還在。粉紅色油漆已經褪色，然字跡清晰可辨。中國人因陋就簡的習性，數千年來未變，今延至海外，亦不褪色。在積臣街上當年的「積臣餐廳」及「金漢餐廳」都更換了門面店名，一個易為「湖南又一村」，另一個則易名為「江南春」，多麼詩意沁人的名字。我先想起白居易「江南好，風景舊曾諳。日出江花紅勝火，春來江水綠如藍」的句子，但一下子竟轉成「是歲江南旱，衢州人食人」他的樂府句了。「江南春」店中客多，佇立街邊候隊待食的人，男女老幼，燕瘦環肥，五顏六色，中國的江南佳景真是隔海移到舊金山的唐人埠了。舊金山的唐人，真的也都是白居易詩中描寫的過著奢侈豪華生活的「輕肥」人嗎？我不知道。江南，我曾住過；江南的春天我亦曾擁有過。杏花春雨，瀟瀟灑灑，我全經過，而「江南春」店中飲酒啖食的人們，他們吃的有否桃花流水的鱖魚呢？

經過幾家餐館，我喜歡站在備有玻璃魚缸的窗前看望水族——蟹、龍蝦、石斑魚——遨遊的景觀。這三類東西仍有，當然我知道這已非我當年所看望過的了。這也跟看望人一樣，不管是台北還是舊金山，是北京、南京、重慶或是紐約、西雅圖，你每日所看到的就是「人」，但是何時的「人」你卻未曾注意。如果不是特別相當地慎重，即使這些人所用的語言實則已經大不相同了。「自其變者而觀之，則天地曾不能以一瞬；自其不變者而觀之，則物與我皆無盡也。」不但十世紀前的蘇東坡覺得如此，二十世紀的今天我仍覺如此。變與不變之間，我們其實就這麼渾渾噩噩過下去。

我又走過積臣街原來「三和粥廠」那一帶，卻沒有看見三和粥廠。二十年前我們常去的地方，彷彿那個寬肥團善短髮笑容滿面的侍者仍在。他總是穿了一條油膩的藍色圍裙，瞇起眼咕噥著語音不清的廣東話。這回我沒有看見他，也沒有看見他喜歡將與政界要人名伶藝人合影的照片半強迫地出示食客的歡快場面。但那笑語之聲卻散在耳際，共舊金山淡淡的水霧與電纜街車的宕宕聲漫散在金門橋下的水浪激盪聲間。真的，那時還有六松山莊主人陳世驤教授的濃眉笑臉，和他頸間繫著的領花，總是把那團善寬肥的堂倌兒的面抹勻了。而世驤先生已經謝世二十二年了。

我想到了許多人，當年跟我們一樣行走在舊金山唐人埠的一批朋友：莊信正、楊牧、水晶、鄭清茂、劉大任、李渝、郭松棻……彷彿轉瞬之間，這些人早都天南地北各自謀生了，我們再也沒有聚在一起，爾汝忘形，爭吵喧嘩了。還有唐文標、高恭億、陳大端他們，早都先後歸返道山，在天外雲山縹緲的地方談笑著呢。

我兀自走在舊金山唐人埠的街上。我想，我大約就是十億零一個中華同胞吧。中華同胞到底確數多少我不知。當年我們每日高唱著四萬萬五千萬同胞，後來呼為十萬萬……不管多少，我總是那大數分母之外的一個分子。我是孤獨的走著，在舊金山的唐人埠。

我孤獨的走著。

我走到了柏思域街(Pacific Avenue)新華書店。六年不見，原先與我指手畫腳，操著一半四邑廣東話一半五音不全國語的李先生，竟訝然半躺在店內後進稍鬆寬處的躺椅中，面色如舊，雙目有神，但頭髮盡白了，牙齒也全然掉脫。癟著嘴，語音更其不清地跟我打著招呼。我以十五元買了一冊一九九〇年瀋陽出版的厚厚的《蕭軍紀念集》。其中有我的美國朋友原任舊金山加州州立大學中國文學教授葛浩文的追念文字。內中說：「蕭軍沒入（共產）黨，為此，他曾向我述說過他的理由：『第一，我不想當官。入黨嘛，我不是那個材料。……我也有自知之明，那就是我的自由主義思想很濃厚。也就是說，當我沒把問題想通的時候，你什麼決定我也不聽不執行。我三十年之所以被壓得成了出土文物，也就是這個道理。那麼也就是說，我可以相信佛法，但我不一定當和尚。』」蕭軍在五十年代便銷聲隱跡，文化大革命時更家破人亡，他的遭遇是相當悲慘的。葛浩文說：「但他的信仰（自由主義思想）始終沒有動搖，這種精神是難能可貴的。」

所以，我雖然孤獨地，以十億之一的中國人自許，走在舊金山的唐人埠，但是，我一定並不孤獨。我方才六十，我還要走過許多許多地方，中國、世界……我可能孤獨地走，但我知道我一定並不孤獨。

十億零一個中國人，這真好。

記一隻灰鳥的死

那天早上，大約十時左右，妻呼喚我去後院陽台上收拾一隻垂死如麻雀大小的灰鳥。由於兩日來熱浪襲人，早晨十時左右，外面已經火熱難當了。我聞喚聲卻未即刻開門出去打點，只輕聲漫應道：「鳥尚未死，還在伸頸伸腿掙扎。就把牠裝進塑膠袋，太殘酷了。」

妻未再堅持，反正伊已下了口令。的確，外面火毒的太陽實在令人卻步。但是，我以此為口實也實際只是一種藉口。我望著那隻灰鳥，在陽台上頻頻掙扎，垂死與再生之間，那畫面跟我腦海中浮泛起的抗戰畫面竟完全重疊起來。那時，垂死的開往火線的士兵，呻吟痙攣，悲號嘔吐顫動，那種背井離鄉，舉目無有親人照料的情狀，每在呻吟悲號之聲漸弱，痙攣顫動幾乎停止時，上司就差役健好的同志，用草蓆將病患包起，抬送到城外，在荒地棄置了。一個人的一生，就是那麼悲憫的在遼遠地方——不知名的地方，走向了黑暗的盡極。可是，當一個血肉之軀，行將走向生命之極的時候，通常即使環境甚是艱危，親人也都會在身畔送終的。而那些為國干城的人，遠走他鄉，出師未捷身先死，定是如何的無奈悲慘大難啊！

當妻叫喚我，拿出塑膠袋，下達口令的時候，我兀自站在屋中，隔了落地的玻璃拉門，望著那灰鳥的掙扎。我一下子回憶起抗戰時病患士兵垂死之前的痛苦畫面來。但是，我竟退縮地未即刻合作。我的回憶是實。我沒有立即採取行動的動機，或許正好說明了我在目前美好充裕的環境中一種虛偽逃避的潛意識吧！「假作真時真亦假」，此之謂歟？

就在產生了這樣自疚性的情感之後，我又退回到客廳，頹然坐跌在新換過的皮沙發中。那麼鬆軟，那麼輕柔，那麼安逸，當年的抗戰片段雖則明滅不已，但我竟然把一個「熱」的意象，當成了不可捉摸解說的藉口了。我坐在那裏，竟一點也沒有想到那隻灰鳥垂死之前的模樣來。那究竟是什麼鳥呢？為什麼會灰色的呢？灰色是不是表示著這隻鳥兒對於生命的厭倦呢？鳥兒也了解意象的重要嗎？鳥兒有沒有可以與人溝通的語言呢？……我坐在沙發上盜汗，於是起身去廚房打開冰箱的門，倒了一杯酸梅湯，苟安地喝了一大口。而就在這時，我不經意地回頭從落地玻璃窗內向外看視，大概是基於欲打探這隻灰鳥何以是灰色的意識作祟吧！

可是，也就在那一剎那，鄰舍飼養的那隻貪婪無恥的大花貓，自木牆上一躍而下。牠來到了那隻灰鳥甚為接近的地方，假貌偽善地仰望天空，然後躍身縱空，去抓搔那棵椒樹垂下的長枝。牠大約是為那隻垂死的灰鳥抓取一點祕方靈藥吧？我想。

而大花貓又偽善地跳了兩下，當第三下牠又縱身向空，這次牠並未搔取椒枝，卻轉身迅速，一口咬住了那隻灰鳥，頭也不回，又縱身越牆，跳逃無蹤了。

「那灰鳥是什麼鳥呢？」我已經無由查悉牠的淵源了。那隻大花貓會把牠叼到何處去呢？我為什麼不在妻呼喚我的時候外出去「收屍」呢？灰色而竟死於貓吻，這跟牠被置於塑膠袋中慢慢悶死，孰是孰非呢？在塑膠袋中窒息而亡，可以謂之「全屍」，這是否較之喪生於貓吻更其懷有人的惻隱呢？

我不知道，酸梅湯已經喝完。我的腦子仍不十分清楚。我想說的都已寫了下來，這就是一隻灰鳥的死。

年的影子

元宵節過了，事後才想起。問妻說：「家中還有元宵嗎？」惦著節後的彌補感，原是期盼著肯定溫潤的回覆。而她在沖洗盤碗的水槽邊，連頭也沒回望，淡淡地說：

「節都過了，還有什麼元宵？」

對。節是過了，這也是棲遲海外的無奈。但是，難道想望彌補一下遺憾的念頭竟也不該麼？斯時屋外落著細雨，也就將如薪炭要燃盡的餘火被水淋熄的情景一樣，在心中彷彿「滋」的一聲裂開，連駕車出去覓求湯糰的興緻都減退得一無蹤跡了。

元宵既過，新年算是過去了。一九九六年丙子鼠年的年意當歸去的了。這已經是身在海外所過的第三十二個舊曆年了。三十二年中這是第二次吃到年糕。去年，系裏的一位同事餽贈我自製年糕一個，今年仍之，把過年的氣氛提升到某一足意充實的程度。今年我們邀請了十六位朋友，吃流水席，是棲遲海外後年節氣氛最濃最重的一次。有三位小朋友，我準備了放壓歲錢的小紅包，上邊寫著「吉年」「長歲」。給出去的時候，心中生起快樂的情愫。不但自己從當年接受壓歲錢的身份一轉而為致送者，喜幸如是欣快的習俗已自中土延伸域外，而我竟也是傳人之一了。華夏固有的這般多情盛意的傳統，眼看著擴播至五湖四海。好。我們不能總讓西潮捲挾的沙粒淤填在我們空張著的情感狹縫裏。所謂禮尚往來，中國文化不能就讓洋人只看到舊金山的中國縮影唐人街，中國人也不是就吃牛肉炒芥蘭。

可是，在海外，年的影子已極不易捕捉到了。許多海外的中國人對於歡度中國新年的興味早就被過耶誕節及西曆元旦的熱情奪走。即使還存有對於過舊年抱持守缺態度的殘敗者，他們對於過年應該具有的氣氛和物質材料，也都變得改良了。比方說，我正慶幸有自去年起於過年時吃到年糕的喜悅，竟被兩位老友當頭澆了冷水：「那種東西少吃為妙。甜甜黏黏的。對你這花甲老翁尤其不合適。身體重要。」今天還收到舒乙於正月初二投自北京的信，他說：

年菜也改良了，一不做那麼多；二只偏重清淡可口的，大魚大肉基本上免了；三則大聚餐轉移飯館了。我們家年三十只吃點素餡餃子和年糕。

大魚大肉免了，還像過年嗎？咱們喜慶有餘的說法又怎麼表示？年夜飯只吃點素餡餃子，元寶（餃子）不是成了土塊石子麼？當年抗戰，在艱貧流離的歲月中，過年了，大人們也總說好說歹調弄了雞鴨魚肉的，盡量地把又紅又辣的辣椒粉給放到一邊了。這也即是說，過年的心情仍在，很強烈的。可是現在，雞鴨魚肉並非是考慮的應情應景之物，而考慮的對象竟是如我的天涯孤寒與舒乙在北京的對營養過甚的驚懼了。過年的心情，他跟我仍是強烈的。做中國人過中國年的想法頗一致的。關於年菜，舒乙在信上這麼說：

> 我們只準備了幾樣傳統年菜：老夫人（舒乙的岳母）操作芥菜墩兒，太太操作小酥魚兒，我操作燜二冬——冬筍冬菇。此外，三人合作了果子乾兒和臘八蒜。沒有野雞了，我本來想露一手野雞丁炒醬瓜，那是一道年節名菜。免了，臨時用雞胸脯代替了。

他信上最引起我的關注與感懷的，是「傳統」那兩個字。我這自小離鄉的假北京人，只能借著舒乙的尊大人老舍（舒慶春）先生筆下的傳統自得一下，其實很淒涼的了。而野雞丁炒醬瓜的傳統年菜，在海外，早就化成了此間不見經傳的野傳了。連年糕都沒有的年還叫什麼年？我的朋友中就有去麥當勞漢堡店吃一客漢堡包過年的，這怎麼說？說起漢堡包，舒乙的信中還提到：「門外開了一家美國漢堡包店。哎呀！我火得一塌糊塗。一開張就擁擠不動，全是帶孩子去的。中國孩子都成了漢堡包迷，怪了。不攻自滅，中國的食文化，嗚呼！」我可以感受到舒乙信中沒有形成白紙黑字更多較重感慨的詞句。不管怎麼說，這還都屬於形的方面。無形的年喲！至於「聲」的方面，舒乙在信中便有了較多的著墨：

一點鞭炮聲都沒有，真沒勁。全禁了也不是回事兒，年節氣氛就一下子沒了。應該由公家在指定的地點大放焰火放花炮才好，趕明兒建議建議。……拜年也大改變了，電話忙個不停，昨天一天接了四十五個拜年電話，可謂破了紀錄。

這我真是同意舒乙的話。過年一點鞭炮聲都沒有，那還叫什麼年？不但是他說的「沒勁」，簡直是不像話！這就好像洋人過耶誕節沒有了耶誕老人一樣，那是什麼耶誕！耶誕老人穿紅，中國人過年也得有紅。春聯、蠟燭、鞭炮、裝壓歲錢的紅信封套……尤其是鞭炮，有色有聲，最不可少。小時候在貴州，年節放的爆竹有兩種：一種叫「噓花」，外表看來跟爆竹一樣，但不爆不炸。點燃之後，滿地亂竄，沖天噓噓發響，故名。另外一種會爆會炸的叫爆竹，又分兩種：其一為鞭炮，用竹竿挑起來點放，劈劈啪啪，滿街紙屑；另外一種叫「小鋼炮」，是用硬木屑黏和製成炮衣，紅色，點火爆炸，聲音清脆響亮。當年放小鋼炮都是捏在手裏，把紙媒子吹燃點放，就在炮竹要炸裂時拋卻，響在半空，不作興炸著手。那年頭兒，連殺日本鬼子都不怕，誰怕小鋼炮？俗語說：「爆竹一聲除舊歲。」北京因為洋人不喜歡這種槍林彈雨似的情景，於是政府當局規定禁了。爆竹不聞，彷彿舊年一直未除。在美國，前些年東西兩岸華人特多的大城也禁止——可是美國人玩真槍實彈卻不禁。這兩年，中國人過年又燃放爆竹了，好。中國人不要過啞年，我更不要。

這麼說來，海內海外的中國人如今過年都形與聲減色了。我知道我這輩子大概都還可以吃到年糕與聽到鞭炮聲。但，我真擔心北京的中國人再過些日子，難保不會在年三十除夕夜吃漢堡包，無聞爆竹的炸裂聲，兩眼木然地向前望著而把漢堡包一口一口慢慢吞嚥下去。

雨天的感覺

昨夜雨聲淅瀝中醒來，便未再睡了。看鐘，將近清晨三時。披衣而起，轉到起居室，打開窗帘看視庭院。一切都靜止著，花、草、樹，都肅然接受洗滌。擰開路燈之後，髣髴它們都對我怒目喧吼：「人！看什麼？有什麼好看的，讓我們安靜一下怎麼樣？」

是的，我們慣於存有這樣自以為是的態度，於是在對四遭事物最容易抱有這種態度。「欣賞你們的顏色及姿態嘛！」我們的確慣於如此為自己解說。「欣賞」，這是人搞出來的語彙，而且限於人用，因為我們自以為是萬物之靈。

於是，在耀眼的強光下，我本能地關掉了燈。心想，如果那些花草樹是人，又是像剛才的我一樣躺在床上享受靜寂安和氣氛的人，一定會對我適才開燈的舉動產生極為強烈厭惡的反應的。我憑什麼有可以「欣賞」的權利？

「欣賞」，是了。對於雨，我們的態度，不是一直徘徊在實用及超現實之間嗎？水庫見底了、自來水快中斷了、田裏的農作奄奄一息了、菜價漲了、沖個淋浴的享受被剝奪了……於是我們張眼閉眼都在望天，大旱望雲霓，甚至用人造雨的方式及祈求的方式求雨。人類的生存本能讓我們摒棄了一切，只為一點水露而苟活。我有多次行經學校操場的時候，操場的右側及商學院之間，是一大片野草地，前數年缺水，草都枯槁乾黃，髣髴死了。他們並沒有人那樣的誇張的舉動，不祈雨、不用造雨的方法，但我猜想草也有求生強烈願望的，只是它們的語言人聽不懂罷了。一夜之間沛然雨降，不出數日，當我再行過操場旁側時，草地抽出茁壯的新芽，它們比人偉大強韌得多了。

我想到這裏，倒水在水壺，燒熱了，沏一杯妻由台灣帶回來的上好茶葉。吸飲了一口，放在几上，任我剛才的思緒像雲霧一般馳騰起來。幼小時候，住在鄉下，一遇到下雨，人人臉上都似罩了一層愁雲，沒有笑容。有蓑衣的披上了下田工作，在雷聲中、在淒寒裏，踹著赤腳去工作。這時，只有坐在窗旁居於暖室不愁衣食的讀書人，才會想到神極去，認為是「有詩意」，是上蒼悲懷。我在幼小時住在貴州安順，一遇下雨，屋漏處處，再也不能安睡，用盆、桶、大碗、痰盂接水是唯一的工作，一心只想上蒼慈悲，不會想到「詩意」。翌日起來，出門看時，不論大人幼小，沒有雨具的，都瑟縮在屋簷下，一臉茫茫然。我看不出任何人有盎然詩興來。可是，在美國，有好幾次下雨的時候我看見有中小學生模樣的人，捲起袖子，故意把鞋也脫下，不用傘也不穿雨衣，大大方方行在雨中，他們自覺已是詩意盎然了。有的還仰天長嘯，攤手作祈禱狀。那就是因為他們原有汽車可乘、原有豐衣足食、原不必下田工作、原……不同的實境予人的反應竟是如此大異。

我想到這裏，不期然覺得杯中的茶何其苦澀，我的「欣賞」的情懷突然肅殺起來了。我的感懷突然升起了。

我這一生經過許多事境。動亂可以說是自我尚不知語言的幼稚年齡就有的了。我讀書，但是我永遠忘不了我的生存環境。不管誰，如果不能了然其生存實況，淨在夢中捕影，去思索建造理想，我認為都是異想天開，我都不會欣賞的。

曬太陽記

棲遲海外三十餘年，有很多當年認為不可能的事，大皆一一做了。比方說，吃生拌涼菜。這玩意兒不是說我原先在國內未曾入口過，中國的蘿蔔絲拌海蜇皮、涼拌黃瓜、小葱拌豆腐……等等，加上一點香油、若干鹽和醋，味美可口，吾所欲也。我說的生拌涼菜，並非指此，而是洋人吃的生菜沙拉。把生菜、番茄、洋葱、小豆芽、青紅辣椒、黃瓜、胡蘿蔔等混在一起，再加上一些乾麵包屑，然後遍灑又黏糊又撖味、帶有豐富奶脂的沙拉油醬，入口頗覺不爽。儘管如此，我還是嚐過了。再有，吃洋人的炸醬麵，搞一盤子洋麵條，加上拌和著番茄醬的碎肉，未入口已然心頭先冒酸水。我最不喜歡又不得不承受的感覺，是那種黏黏糊糊的不爽之感。奶味、酸味，加上甜味，我一直主觀的認為那不是正餐中應有的口味。然則，滯番已久，也勉強品過了。

衣、食、住、行四事之中，衣、住、行三方面，在國內時，即已受到西化影響。中式的男人七尺八肥的袴褂、長袍我從未穿過；純中式的房宅也從未住過，而汽車、火車、自行車則老早就過目不忘了，也認為理所當然了。唯獨「食」一項，基本上一日三餐，都是純中式的。洋酒也早飲過，可是吃中餐時，我卻不愛那玩意兒，不若今日台灣及大陸講究排場人士的達觀。

食之一事，肇始襁褓稚齡。大米饅頭，自幼便習而慣之，極不易改。這也就是我棲遲域外三十餘年來所不能也不可更易者之故。

但是，除了衣、食、住、行四事之外，還有一些洋規矩久矣司空見慣，卻一直未能身體力行的，也略有數端。曬太陽（或稱「日光浴」）便是其一。

我始終對於洋人之喜愛甚或重視日光浴，覺得是他們物質觀底下的一種精神分裂心態。就拿美國人來說，他們十分篤信科學技術的，要是把這二者從他們的生活中抽掉，那恐怕就是地震、海嘯、龍捲風、雪崩……一樣的大災了。科學與技術都是硬梆梆的、冷酷的、很不人道的東西，人類生活固蒙其惠，可是受害亦非淺。比方說，癌症肯定就是科技惹的禍。空氣污染難道是老天自作孽嗎？電話鈴聲就總是讓我心驚肉跳。午夜好夢正酣，突然鈴聲大作，那真是吃不消的自我造孽。於是乎，我猜想洋人便因此想出了兩全其美、身體與環境都一齊交給科技支配的辦法來。不是麼？理髮、刷牙、洗澡、服藥、衣飾、紋身、改頭換面、隆乳、義齒、假睫毛、科學健身、拉下巴、小針注射……上下其手，內外由之，那麼，曬曬太陽，有何不可？曬太陽是最自然的行為了。天人合一，此之謂也。這不是物質觀產生的精神分裂心態是什麼！

曬太陽第一要有主觀的閒適感。洋人曝日，無論是在海灘、河畔、公園、自家庭院的青草地、陽台……一旦臥下，即使是泰山崩於前，大概也無動於心的了。你看洋人靜靜躺在陽光燦爛亮好之處，閉目享受，那種閒怡之情，或許是任何形容詞都無由形容的。

曬太陽第二要有道具。赤黑太陽眼鏡及被單鋪墊之物、電晶體收音機、飲料……等，似乎都不可少。還得有「露身」(lotion)，此物乃是小瓶罐裝的科學藥劑產品，似水漿液，內含藥物，以之擦塗全身，無須揉搓，髣髴烤肉塗抹醬料一樣，讓皮膚油亮泛光，而又護膚。

曬太陽最最重要的乃是必須具有一種捨身成仁、入煉獄(Purgatory)超度眾生的大無畏精神。洋人的皮膚似乎與我們的在生理結構上略有不同，他們對於陽光有著無比的飢渴與戀狂。白白嫩嫩的肉，硬要把它曬得通紅、發燙、皮破、脫皮，最後變成通體黑黝黝的假非洲土著。他們對於身體的虐待，不知是否多少與宗教有關？那對於我來說，髣髴是一種贖罪的狂熾。如果用比較物質論的說法，他們曬太陽的動機也許就跟煉鋼一樣。要得到繞指柔的精鋼，便必須一曬再曬，炙痛而不止。

曬太陽的另一重點，恐怕就在於敢「露」。西方藝術之裸體，是為藝術之至善最美。而我們的文化一直認為那是破壞文明的下流。這大概也許是思想上中西之大不同了。中國人在這樣自閉的文化氛圍中，自然不易袒裸曝日了。在大男人主義思想的濡染之下，男人打赤膊不成問題，上層社會的女人連露玉臂玉腿都被認為是大逆不道，遑論寬衣解帶，身穿三點式泳裝而公然展露於人前！洋人的重「露」，似乎也與「物」觀有關。曝於人前，這就跟售貨一樣，自我推銷。豐乳隆鼻都可以，憑什麼不可以烤肉？

這些似乎不成其理的因由盤踞腦中既久，數年前某日，陽光豔好，午後園靜，妻小俱不在側，於是忽發奇想，來他一次「日光浴」。如何？盤算既定，自車中揀出開車時偶用之老破舊墨鏡來，胡亂尋出被單一床，倉忙鋪在後園草坪上，赤了上身，躡手躡足地躺了下去。未幾，忽覺腿胸間有小蟲蠕動爬行，查看之下，發現螞蟻數隻徜徉於懸崖丘壑間。於是起坐折返屋內，取椅子一把攤放陽光之下，坐讀報紙，兼享日光之美浴。未幾，又覺右臂疼癢難當，細視之下，原來是花蚊兩隻，挺喙翹尾，在作手臂上的免費大餐。痛擊時，忽然房內電話聲大噪，於是狼狽奔入。忙中出了差錯，左腳小趾不慎為紗門下方破裂之鋁皮刺破。負創之後，曬太陽的美麗憧憬霎時幻滅。棲遲域外既久，看來要想改頭換面怕是大不易了。

我有時會突發奇想，作無必要之假設（這大概與身在異境久疲有關）。我覺得洋人好為日光之浴，可能也是本著科技的指引啟發，他們要把日精月華悉數吸入體內，等到忽然日蝕或停電之時，一個個不分巨細，寬衣袒身，只消在上身胡亂揉搓一陣，於是皮膚下便應時跳彈出一個具體而微的小太陽來，髣髴春回大地，黑暗之中突然如螢火點點，旖旎十分。這世界一下子竟變得美麗極了。

療牙心得

「牙痛不是病。」小時候就聽人這麼說。

雖然自己沒有體驗，卻十分相信此說的真實性。父親的牙不好，經常鬧痛。每一回牙痛他的脾氣就出奇的壞，家裏的氣氛便立刻低鬱沉滯。他的牙痛比空襲警報還頻繁、還令人緊張、還折騰人。而我對「病人」的看法則是：其精神必萎靡不振，其人必臥床靜養，其聲必低弱。豈有皺眉、吹鬍子、瞪眼、滿屋行走、坐立不安、叱咤風雲的道理！

那麼，牙雖不痛，倘若發生了其他方面的問題，就似乎構成「病」的條件了。

說也奇怪，我在四十以前，竟全然不知「護齒」之重要。來美八年，缺少這等醫學保健基本常識，就等於對美國大總統姓甚名誰毫無所知一般，會令人覺得相當匪夷所思的。所謂「護齒」，乃是定期到牙醫診所去接受專家為你提供剔除閣下牙垢，對尊齒打磨光潔，同時檢查有無損患，一種既單調刻板，尤須預先安排的你認為是受罪，他們卻認為是「服務」的苦事。而我一向對這類事的處理方式，就是拖延。拖到婚後三年，兒子已足兩歲，縱然自己對「護齒」之道仍可以「不齒」視之，卻不能再續陷妻小於不義了，於是乎不得已參加了牙齒保險。妻小的牙是要善加保護，不能像我一樣羞於啟齒的。「保險」這個東西，往好處說是讓你有恃無恐；但往壞處說，它就跟毒品一樣，一旦沾惹上了，本來是防患於未然的有恃無恐，反成為癮的毒素，在你的血液裏和神經梢發揮刺激作用。買了汽車保險的人，駕車時候的膽子就比身無保險時大一些壯一些；買了人壽保險的人，我敢說在吃喝的時候，對膽固醇問題是不屑一提，或在心中冷笑三聲的。至於有醫藥保險的，對自己身體狀況疑神疑鬼的現象就會大增，髣髴不一年半載讓內部器官照照X光，便覺得慚愧；不見見醫生便面目可憎似的。那麼，參加了牙齒保險，就會注意定期去給牙醫保養美容。

於是，我們決定找一位樂意為一家三口定期清除牙垢的醫師。

尋求牙醫不同於台灣的大學或專科學校聯合招生考試。以後者而言，學校之排名順序，早在報名應試者的報名表上一目瞭然。而牙醫之多，有如牛毛；人種膚色不同，性別年齡各殊，而技藝之高下，就更諱莫如深了。我常覺得，天下的事，能夠料得面面俱到，功夫下足而水到渠成，從容就之固然很好，有時候卻也應該略具幾分西楚霸王突破垓下之圍的勇氣——豁出去了。娶妻出嫁便是一例。任憑你精打細算，東挑西選，終不能事事盡如己意（俗話所謂「不做第二人想」，並非真正如此。而是強烈愛情的雷射，把對方的短處照成盲點，暫時看不見了），而勢必鼓勇抱著「撞大運」總得試試的心情，決定一個的。我找牙醫師的基本態度正復如是。因此，髣髴肚飢，胡亂找個小店吃了果腹一樣，毫無患得患失之感。

我們有一位不十分熟的中國朋友，曾知她擔任過牙醫特別助理。於是妻便建議何妨打個電話相詢，好歹總強勝茫無頭緒的大海撈針。對方在電話中以既興奮感激，又親切無比的語氣說，她仍擔任日裔吉田醫師的特別助理，而吉田先生也就是她的主治牙醫。除此之外，她還透露了吉田夫人是夏威夷檀香山土生土長華僑的消息，以博取我們的「同胞愛」，來增加其說服力。反正我們是抱著療飢果腹的心理，既然如此，便欣然透過朋友的力薦，而做了吉田醫師的病人(client)。

吉田醫師性情溫和，說話相當柔細，沒有美國高加索種醫生慣有的一副或嚴肅冷峻，或過於下里巴人以示隨和的作風，給我的初次印象頗為良好。尤其是當他為我滿口牙齒做了X光照相，並粗略檢視一遍之後，含笑謂我：「以您的歲數來說，您的牙齒極為健好。」真讓我十分欣慰。老夫齒健如是，況妻小乎！於是，我們每年兩次有勞吉田醫師親為清除牙垢，前後兩年。

第三年開始，吉田醫師肅容告我，我的上顎齒齦不好，建議我宜速去看整牙醫生。此時我不免靠常識而忽生疑竇：兩年前方說我的牙齒健好，焉有如此速朽之理？心中覺得已有七分至八分受騙了。不久，他以同樣嚴肅的面容與口氣，對妻說了同樣的話。至此，我覺得是完全受騙了。

我們依吉田的介紹，去看整牙專科安倍醫生。安倍醫師也是美籍日裔，但不像吉田，一句日文都不會說。勉強吐了兩個單字，發音卻跟老美說中文一樣的刺耳。他說吉田氏跟他並不熟識，也鮮交往。又說吉田來自夏威夷，髣髴與他的美國大陸背景殊異頗巨。我從其語氣中聽得出日本人的省籍優越感。當他查看我的牙齒，以輕鬆幽默語氣問我：「上次洗牙何時？」我答以：「一周左右。」他便含笑未置可否，我更可以感覺到安倍醫師的優越感在迅速爬升。果然，他用了將近一小時為我「洗牙」，證明了我的感覺的正確性：吉田醫師的敬業精神顯然不足，他對工作太草率了事，缺乏日本人的不苟民族性。

在約定的兩個星期後，安倍醫師為我做了全口腔的齒齦手術，強固了已鬆動的牙齒，同時拔除了左顎上方犬齒一枚。自此以後，我定期去安倍醫師處作護齒保健，每次近一小時。而我刷牙時也從未再有牙齦出血情事，我在吉田氏那裏對日本人做事負責不苟失去的信心，又在安倍氏身上恢復了。此時，我倒並不再感覺是受了吉田醫師的騙，因為自始是我們自動上門的。不過，在另一方面，我也有所收穫：至少，輕易地發揮情緒性的「同胞愛」，是並無必要的幼稚行為。

安倍醫師雖然得到我們一家三口的信任和尊敬，他的診所畢竟遠了一點。而且，「同胞愛」雖經制約，終如岩漿湧動待噴。於是我們打開中文報紙，在整版的醫生廣告中，圈選了洪榮良牙醫師。老實說，每個牙醫的學資歷都甚是令人起敬，很難作成取決。上一次既因朋友之力薦，結果並不如意，這次索性真的抱著撞大運的態度，姑為一試了。雖如此，洪大夫之中選，還是沾了地利，因為他的診所就設在我們住的小城——山景城，駕車僅六分鐘可達。

我在前面說過，天下事，有時就得有匹夫之勇「豁出去了」的態度。說也奇怪，有時這樣反是歪打正著，這就比弄巧反拙更是大快人心之事。我們圈選洪大夫，感覺正復如此。

洪醫師出身台灣高雄醫學院，威斯康辛牙科大學博士，又在芝加哥伊州大學假牙鑲牙研究所畢業，敬業懇和，興趣廣泛。每次跟我談話以紓解緊張氣氛，不論文學、歷史、政治、運動，語雖不多，卻都切中肯綮。洪夫人東海大學外文系畢業，婚後，為了佐助丈夫事業，改學醫事技術。其人親切溫藹，出語生動活潑，有幽默感。他們真是一對好夫妻，理想的工作夥伴。

洪醫師為我「洗牙」，不厭詳煩，一絲不苟。我在他的忠言勸說之下，決定為我失去的那顆犬齒補個替身。他先把缺牙左右的犬齒及臼齒磨銼小，前後兩次，歷三小時。然後上下顎整排牙打模，嘴巴拉張之大，平生僅有。我努力配合，在兩腮痠痛、雙眼噙淚的情況下，終於成功。洪大夫說我上牙床之寬大，為其歷來所僅見。洪夫人則戲謂：「看起來斯文，沒想到有張大鯊魚嘴巴。」三人相視大笑。

年輕時在台灣，見人鑲假牙，都是金製，閃閃生輝。尤其是門牙，啟口閉唇之間，極是搶眼。我每每近於不禮貌的直視，覺得雖是鄙俗了一點，卻有富貴之氣，所以心中實在也有幾許慕意的。我似乎對自己許過願，一旦不幸鑲牙，何妨來一枚金牙，品味一番「單口爍金」之趣，不亦宜乎！可惜時移境遷，已經無由還願了。當洪醫師把三枚一排的瓷製假牙為我戴上，讓我攬鏡自照時，無論形狀、大小、色澤，幾可亂真。然而卻抹不去心底一分對逝去歲月淡淡的感傷。

臨去時，洪大夫說：「不要咬過硬的食物，瓷製的東西還是會破碎的。」我忽然意識到手握一截甘蔗，邊走邊啃痛快淋漓的感覺，已離我去得相當遙遠了。

「感覺怎麼樣？戴上兩星期就不會覺得陌生了。」他見我若有所思，默默不語，就以職業口氣追了一句。

感覺怎麼樣，這讓我怎麼說呢？我第一個感覺是為兩顆無端被銼磨小的牙齒抱屈。由於神經尚在，裏面的感覺是強烈的生命，可是外面卻被無情的禁錮住了。先有赤身包在被窩兒裏的興奮快適，卻忽然想到中國歷史上遭政治迫害放在瓷缸裏的人彘，又想到被軟禁的政治犯，又想到……

我知道，我又想到的已超出療牙心得了。

牙齒穿鞋

最近連續發生了兩樁事件，都與身體有關，而且也都身關自己。尤其是在毀譽參半的「花甲」時期，這就在令人有「老之已至」之感以外，很是欲語還休了。

第一樁事件是一月之前，某日左臂靠肩處忽然麻痛。其來也匆匆，但並未「去也匆匆」。初不以為意，自認或係扭拽所致。然不數日間，其麻痛髣髴幼時聽大人說的一道菜名「泥鰍鑽豆腐」（將泥鰍用清水洗好，俟其吞吐乾淨，置於大碗中。碗內放清水約半碗，中間有豆腐一塊，上面灑了蔥、薑末、鹽、醬油、麻油等少許，置於鍋內放在火上清蒸。水溫漸高，泥鰍於是倉皇鑽入豆腐之中避難。但終葬身豆腐之內，細鮮味道附上如雪膚之豆腐。據稱鮮美之極）一樣，感覺似有百條泥鰍猛鑽豆腐，絲絲麻痠扣入如膂力過人之英雄腱子肉塊中，直搗骨頭。泥鰍也罷，尚有如花也似美人香肌雪膚可親安身，雖死也「做鬼也風流」了；強豪綠林膂力過人也罷，一似關雲長可以刮骨療毒，連眼皮都不眨動一下。我則英雄美人兩邊都夠不著，正值花甲尷尬之年，於是乎只好以忍為上了。

俗有「五十肩，六十腿」一說。五十早就過了，當時也未覺有何不妥，自己頗為「不流俗」喜逸了一陣。而六十榮登花甲之後，兩腿尚健，每日去公園行走五匝，近四十分鐘。雖不能說腳步甚健，如草上之飛，卻也平平穩穩，一似船行無風水面，煙波浩邈，天地一沙鷗然。我好像任何事，都比常人遲慢了半拍。當年讀書，戰亂荒廢，自可博得旁人諒解，但承平時候卻有退學之恥，就只好閉門思過了。六十而有五十肩痛，這也是不離其宗的獨家難堪。過往君子，幸勿笑焉。話說膀子麻痛是在左臂，友人學生輒詢及時求診否?答云不足驚動。然友人諸君子皆曰，左肩麻痛可能是心臟有恙初狀，聞言大驚，即與醫生約診。經檢查之後，醫生笑言：“You have a strong heart.”於是心上巨石落地，涎臉嘻笑言對，曰：“Not only I have a strong heart, I think I have a good heart too.”二人相視大笑。

第二樁事件是因齒牙動搖脫落，左右下排牙盡頭大牙都脫失，每於品享佳餚之際，細嚼慢嚥仍不得全然稱快稱爽，於是求救於我的牙醫洪大夫。大夫說，該裝半口假牙了。但一「假」字，素為我所不喜，頗感憎厭。「狐假虎威」、「假貌偽善」、「假道學」、「假模假式」、「假文憑」、「假藥」、「偽君子」……不一枚舉。半口假牙是活動可以戴上而隨時取摘的一種，極是自由，不若全口假牙種牙那般令人氣短。假牙戴上之後，彷彿穿上了鞋，靈機一動，自以為是地說自己是牙齒穿鞋了。所謂牙齒穿鞋，那是文明說法。實則假牙一經戴上，因中部有金屬鋼條，便覺一如戴上手鐐腳銬然。孩童時候，逢歲暮春節，都試穿新鞋。新鞋是黑布面白布底。我的假牙兩端，也裝有「義齒」共三枚，並不純白(蓋因年歲已大，已經微顯朽色了)。齒齦處是塑膠片，顏色一如原齦，戴上之後，不辨真偽，沒有黑布鞋面那麼令人心緊。

牙齒穿上了鞋之後，總覺不爽，不如光腳舒適。穿著新鞋返家第一件事是試鞋，此乃嚼食之代稱也。但以花生米兩粒入口，左右咬嚼，兩粒花生滑不溜鰍，極難掌握，恨不得將之嚼成細碎耳。初試結果，除感老態之外，只覺氣苦。當晚又有友人召飲賜飯，乃據實以告。老友笑曰：「老兄一向挑剔厲害，此後也要讓你牙齒吃點苦頭，儘管粗茶淡飯，你也得口碑稱謝了。」

俗語謂「光腳的不怕穿鞋的」，此之謂歟？

輕羅小扇撲流螢

有生之年，每隨播遷，許多生活中的小事都會變樣，或者消隱。但在中國，即使浮海去台，生活也還大致依舊。到了背井離鄉棲遲域外，生活環境大異，那些小事便都忽然消逝，只剩下記憶中的片段殘雲了。

夏天晚上舉家戶外乘涼就是一例。

由於父親工作機構的性質，幼時所居住的地方多在鄉下。不管黔川、江南，或是華中、台灣，每到夏天，總有一種肌膚交感的親情存在。茶水、綠豆湯、蒲團扇、蚊子、螢火蟲和滿天閃爍的星星，在蛙聲嘓嘓、蟲鳴唧唧的幽暗天井，伴隨涼風習習，把一家人親切的話語烘托到炙膚砭肌的程度，一切的一切都隨夜色流入未央。

「輕羅小扇撲流螢」是從唐詩「銀燭秋光冷畫屏，輕羅小扇撲流螢；天階夜色涼如水，臥看牽牛織女星」來的。這種自古以來仕宦之家或大戶紈袴人家使用的輕羅紈扇，今天的許多國民恐怕不必說並沒有使用過，就是連看也未曾看過了。在我們家，由於家父生前服務於故宮博物院，不但見過許多真件（而且都是精品），幼時也曾見有市易的。當然，手持紈扇的事絕非子虛。是否撲捉流螢似乎可以不論，但一扇在手而抒發思古之幽情則是千真萬確。

紈扇摺扇其實並不常見，一般人民使用的大多係蒲葵扇。入夏以後，上街或就寢，常是人手一扇，搧搖著行路或入睡。此物在台灣當年仍相當普遍。母親多汗，入夏每日此物必不可少。使用久了，手柄都光澤油亮，而扇沿也多毛脫。父親還慣常以筆墨在扇面上題寫。此風竟被我帶到了海外，酒蟹居壁間，懸掛著一支大蒲扇，是大陸手工製品，我在辛酉那年購得，題了「雞窩」二字（我與妻都肖雞也）。

蒲扇雖有，但一家人入夜門外納涼聚坐談古說今的感受卻沒有了。大概只有中秋院內賞月，一扇在手，奈何蛙聲闃寂，螢火隱匿，即使月亮上來都覺得那不是看慣了的中國月亮。夏夜庭院納涼飲綠豆湯聽父母訴說當年有情但乏記憶的故鄉人事，皆不存在了。

清楚記得，只有一次與妻於夏夜站立後院中，似乎是要捕捉「輕羅小扇撲流螢」的兒時記憶吧。但是，不僅流螢不見，連一隻蚊子都沒有。晚風微涼，大陸型的氣候，竟一點汗水都不留下，完全沒有在大陸或台灣鄉間用蒲扇拍去一身濕黏感覺的快爽。蒲扇握在手中，竟轉成了陌生的什物，覺得多餘了。於是，在一種異常的孤寂難遣的情懷下，我胡亂揮搖了一下，搧起的不是沁人心肺的涼爽，而是一天繁星紛紛墜落，墜入遙遠的記憶深谷中去。當然，我也搖動了寒涼的風，讓我忽然覺到迢遠但肅殺的冬天了。

扇子大約也類似人們，尤其是團扇，它們似乎是與人聚眾的。否則，大約也只會像我家的蒲扇，冷冷地孤掛在客域寒涼的壁間吧。現在家人圍坐室中，不用冷氣，加州舊金山海灣宜人的夏天天氣，讓人得到適度的涼爽。可是，不知為什麼，我卻總惦記著，要回到黏濕搖扇的夏夜的天井，去享受與繁星熠閃同樣惑人的親情。

結網的蜘蛛

某日我整理花園，無意中在後園沿籬貼近房簷下的枝椏間，發現了一隻正在結網的蜘蛛。蜘蛛的體積不大，僅得一粒黃豆大小。我看見牠的那天，正是數日連朝風雨之後的寧靜時刻。彷彿結的網一半已為風雨吹砸破損，蛛網上還有閃亮的雨水珠子。那如豆的蜘蛛爬行在破網上，伸腿匍行，緩緩修整著牠原已織佈好的破網。牠一些也不急，也不餒，就在和煦的春陽與微風中，勤慎地、默默地、自信地，又復輕鬆地工作著。我站立簷下，翹首望著，很想伸手助以一臂之力。也想把那殘掛在破網上的幾滴水珠揮去，好減輕一些牠的精神體力的消耗。但我沒有。我只是懇切地望著。

傍晚時分，我又去看。破網已經有百分之九十的修補。那蜘蛛在夕陽餘暉中，一絲不苟地勤奮工作著，忽而吐絲下垂滑行，忽而探身上迎，忽左忽右，牠完全沒有著意於殘留在網上的幾滴沉重的大水珠，只是全心全意地經營著。我不禁想起了南宋詩人陳與義的詩句來：「蛛絲閃夕霽，隨處有詩情。」一點也不錯，那網在夕陽中微微揚動，閃閃有情。造物何其偉大，竟令這小小如豆之蛛，織出天邊簷下一片靚麗遠景。

翌日，星期天，晨光中我再去看視。殘掛網上的幾滴水珠已經不見，而網已全然工整的補織好了。那蜘蛛，靜靜地端坐在網中央，在襯於網後的藍天霞光中，舒享著浩大溫馨的日光浴罷。

於是，我一下子又想起了幼年在四川重慶，在南岸海棠溪黃桷椏文峯塔下的廣益中學初中一年級時讀到的英文課本上的一首小詩來。我相信我的記憶仍沒錯，時隔已達半世紀了，我還記得那首名叫〈閃亮的小星星〉的兒童詩。歌詞是這樣：

Twinkle twinkle little star
How I wonder what you are
Up above the world so high
Like a diamond in the sky
Twinkle twinkle little star
How I wonder what you are

若是譯為中文，大概是這樣：

閃眨爍亮的小星星呀！
你是多麼地令我驚異！
宛如一粒鑽石
高高掛在無窮的天際。
啊！閃靚的小星星呀！
這樣的奇觀怎不令我驚訝！

我想到了台灣，那小蜘蛛，那補織完竣的網，及那閃著光芒的夜空中的天邊小星。我也想到了中國。就在二十一世紀即將到來的此刻，我看見了中國在厚厚的五千年雲層後面發出的閃亮來。啊，中國就是那輝耀的蛛網。

第五輯

旅夢捕影

旅夢

我底　你底　在遙遠的兩地
卻如對口的剪子絞住了
我底　你底　在遙遠的兩地
卻如對口的剪子絞住了
莫放進離愁吧　莫放進歡愉吧
祇要輕輕把夢剪斷
你一半　我一半

台美之間，天長海闊時牽，已經往返來回不計多少次了。這條航線，雲雨陽光與月華，早將它散化卻又凝在我心房上了，就那麼緊緊的牽拽著。彷彿是童稚時與母親對坐幫她纏繞毛線。舊了的、褪了色澤的、也仍拆滌多次推陳出新的、清舒的毛線，一絲絲，母親就連同她柔勻的情一起套纏在我伸出於她面前稚幼的一雙小手上了。於是啊，她那麼深切的睇著我，微笑著，一轉一轉地，把毛線自我胸前拉出，輕輕地又快速地纏繞在她手中越來越大越厚實充盈越顯傲茁的毛線球上。她的雙頰浮泛著如春陽般的微笑，借一莖搭垂在她唇邊的髮絲，給吞吸到心口中去了。

我不記得這樣的母子情牽的事，在我成長的過程中一共發生了多少次。其實，多少次已經無關重要。我只記得母親搭垂在她頰上唇邊的髮絲，彷彿那褪了色澤的毛線一樣，一次又一次地顏色褪落了。而我自己，當手臂上的斑皺也越來越多越重，可是那一套舊毛線，卻仍彷彿一直一直地永遠纏繞在我的手上。儘管拉拽的空間距離越長了，它卻都纏繞在，那麼緊舒地纏繞在我的心上。我還是向母親虔敬地舉著雙手，母親也仍是在不停地纏繞著。然而，我在棲遲於海外的西岸邊，卻窺見了她老人家手中的線團，似乎越來越小了。小，可是她仍在纏繞著。我深知她在心裏還是像半個世紀前，在漫天炮火的歲時中一樣，惦著為我打織一件背心的吧。

是的，母親今年九秩嵩壽。就這樣，我們兄弟四人在半個甲子以後，重新環繞在她的身邊。我跟三弟，更是遠從大洋彼岸馳歸為母親祝嘏。就像在離亂的時流中，就像在烽火燎突燃燒的西南邊陲山外，就像在熊熊的炭火盆畔一樣，我們圍坐在母親四周。我們同時把線繞子弛放，讓無影的夢一如童稚時的風箏，飄飛回遙遠，飄飛回過往，殘掛在三十年代的尾梢。

三十年代的四兄弟，四個愣頭愣腦離鄉背井飄泊西南天地間的小孩，如今三個已越花甲，連最小的也都是坐五望六之齡了。可不是嗎？他們都在母親的督責養育之下，經過戰亂，歷過艱辛驚恐，步過承平，在人生數十寒暑期中走向老年了。他們的母親，從大學畢業生育了他們之後，只享到了短暫的安和數年，便拉拔著他們在動亂中成長。我沒有親眼見過母親少年青年時期的歡樂容顏，但是我永遠忘卻不了那個動亂時代她為我們付出的一切。母親的晚境，雖有四子的鼎支，卻亦因十數年前父親的過世而顯得寂寥。

那四個在抗戰勝利後回到南京，擠住在低矮的有鐵皮屋頂，其熱難當的公家宿舍中的孩子，就在民國三十八年初到了台灣，十幾歲的年紀，才算正式離開了有生以來的戰亂，首度生活在安定和平中。於是，他們成長了。

這次在台北，名攝影家柯錫杰先生曾為我們兄弟拍照，地點就在他信義路的工作室。四個人在他的指導下，合拍了數十幀。這是莊氏兄弟數十年來首度集影。在幸慶的笑聲中，我們互相望著彼此數十寒暑所換易來的華髮花鬍，回憶著在台中縣霧峯鄉間颱風之夜四人共臥一榻（四張榻榻米）上的種種來。四個穿著黃卡其制服剃了平頭的少年，如今連最小的老么的么女都大學研究院卒業完婚了，他們如何能不去感念歲時的泛白紀錄？

不再　不再流浪了
我不願　不願做空間的歌者
不再　不再流浪了
寧願　寧願是時間的石人
然而　我又是宇宙的遊子
地球　你不需留我
這土地　這土地我一方來
將八方　將八方離去

所謂「流浪」，其實它具有一種淒迷之美。這兩個字本身就是動的炫麗。動是移轉，動也是生命的彈跳。一個渾身痼疾的人是無法也不堪流浪的。在流的過程中尚能見激盪生浪，那也就是流浪之美的所在了。西洋古典音樂中有〈流浪者之歌〉一首，是我今生自孺慕於古典音樂後所長久樂於聆聽的。我目前手上便有由三位大師演奏的此曲。我最喜歡而百聽不厭的就是由小提琴家海菲茲演奏的〈流浪者之歌〉。那音樂把你帶入月光之下的靜靜海洋，浪漫寬闊，安靜，於是你就如蘇東坡所說「駕一葉之扁舟，凌萬頃之茫然」那般，流浪向無極去。我喜歡鄭愁予的詩，正因為愁予的詩最能提供給我那樣舒適在浪游記快之後的神欣。「地球　你不需留我／這土地　這土地我一方來／將八方　將八方離去」。這就是當一個唱著〈流浪者之歌〉的歌者，對自己一遍又一遍訴說著「不再　不再流浪了」之後，震聾發聵的浩蕩心聲。那美得淒迷的心聲啊，只要流浪者本人聽見即足夠了，就因他情知仍要流浪。

小河啊　我今來了
而我　無淚地躺在你底身側
沙原的風推不動你
你沉重而酸惻的嘆息
月下　一道鐵色的筋
使心灰的大地更懶了
我自人生來，要走回人生去
你自遙遠來，要走回遙遠去

是啊！我們都要走回更遙遠的遙遠去。這也就是歷史的意義了。人間有情，那才是最最重要的。

月落不計山海
讀老不辨經史
情在何處
翻到哪一頁就算哪一頁吧
東望月恆昇
西矚月恆落
頁頁都是定數

於是，於是你就不會斤斤計較身在何方了。這也就是當我自大海之外遙遠歸來，來到了這蓬萊之島，那裏有我熟悉的一切（包括好的、壞的；愛不忍釋的及惡之如讎的），我泊岸、登陸、回家。三星期後，我又高唱著〈流浪者之歌〉，快樂的再去流浪天涯。這一切都是快速得一如流浪者打起木槳激濺起的一點水珠吧。霎時的工夫，我已經浪游到了大漠，請細細聆聽那牧羊女輕颺而哀感的牧歌吧：

哪有姑娘不戴花　哪有少年不馳馬
姑娘戴花等出嫁　少年馳馬訪親家
哎——哪有花兒不殘凋
哪有馬兒不過橋
殘凋的花兒呀隨地葬
過橋的馬兒呀不回頭
當妳唱起我這支歌的時候
我的心懶了
我的馬累了
那時——黃昏已重了
酒囊已盡了

酒囊盡了，回鄉便是再將酒囊盛滿瓊漿的時候。「馬累了」、「黃昏已重了」，這定然不應是流浪者口中唱出的，那就算是牧羊女代他們唱出的吧。我最喜歡的是「哪有花兒不殘凋，哪有馬兒不過橋。殘凋的花兒隨地葬，過橋的馬兒不回頭」那幾句，那種「吾往矣」的瀟灑，應該置放在每一個流浪者的酒囊中才對。「殘凋的花兒隨地葬」，那就是淒美的豔好。

就是這樣，九月一日下午三時半，我獨訪台大校園。首去傅園，闃無一人。傅園為我入台大前兩年所建（民國四十年十二月），昔日在校，入園必經第一女生宿舍前之小木門。如今原門已廢，另闢園門，終年常開。傅園貼近羅斯福路沿牆的一排違章建築早經拆除，覺得豁亮了。原先的一種神祕幽祟氣氛，都被開放民生自由的空氣掃滌一盡了。也到總圖書館一看。當年進館一樓左手的閱報室已經升上二樓。現在的閱報室內有巨型沙發，不若往常各報數支架，而勢須站立閱報的景況了。閱覽室仍在二樓兩側，一切如昔。只是桌椅又年老了四十年，顯得舊朽了。室內只有三兩學子在習讀，他們都隨身帶著手提型的小電子計算機。當年只見工學院的學生們拉計算尺，那已經是一種非常令人豔羨感佩的標誌。四十年來家國，三千里地山河，萬里域外歸來，一場大夢南柯。臨進閱覽室時，門外走道上有一小桌，桌旁坐有年輕女職員一，桌上有簽名簿。遂留下「四十年前老校友」數字，未書年月。蓋宇宙之大，時光忽忽，千年一瞬，白髮童顏，鄭愁予說得好：「寧願　寧願是時間的石人」。年月也者，不過是不能忘情的俗人的自我紀錄罷了。我將八方離去，留它做甚！

自圖書館出來，在校園中漫步。只覺新廈處處，全都不識了。兩眼矇瘦，雙腿疲軟，而一身是汗，滿懷故思。遂逕至學生活動中心購鮮葡萄汁一罐解渴。櫃枱小姐年僅二十，見我全然不知物價（以千元大鈔一張待找），笑問是否外客。答曰四十年前籍隸寶島，而今棲遲域外，化為外人。內外之間，數十寒暑，心歸何處，情屬何方，卿可知矣。於是大笑離去。

自新生南路側門出。以前瑠公圳在時，路邊寂柳搖風，每晚自圖書館習作歸溫州街第一宿舍，經常站立橋頭，注視流水，大有孔子「逝者如斯」之感。而今圳早不存，然記憶仍在。路前新廈簇立，來往汽車奔忙。急匆匆越路，尋得溫州街口，轉彎處，第一宿舍已不見了。沿街而行，至十八巷原台大教員宿舍臺靜農老伯居所前，日式舊舍已被五層大廈取代。靜農老伯仙逝數載，溫州街十八巷六號一樓現為何人寓居，本擬上前按鈴投問，然逡巡兩匝之後，未敢貿然造次，遂快步離去。「俱往矣，數風流人物，還看今朝。」徘徊悵惘之餘，疾行至十六巷張亨彭毅學長兄嫂府邸，扣門而入。主人見我面容寂寥，恍惚有失，而一身汗水，狀至狼狽。遂取出浴巾一條、衣衫一件，著即浴身再說。感蒙主人解意厚誼，浴罷坐電扇前飲茶一杯，霎時間，氣平意順，今昔若風起發發，步自漢魏六朝，沙揚大唐，直下宋明大清；捲於塞上，衝偃長城，渡黃河而下大江，過台海而落足於阿里之巔，又送我飄海淩空遠去域外，渾渾然杳邈矣，茫茫不辨時空矣。

九月四日，彥增文華邀約車遊草山。先至林語堂先生紀念館，大師昔日書齋室居種種都在目前。我於先生生時，未能親謁，而今萬里歸來憑弔草山一廬，仰止古今，幻化何遽。二十年後，耄耋老人，能否再登草山則無人知之，而今日之弔先生於一九九五年，距當年大師健在詼諧偃抑，亦不過俛仰間事。存化今昔，皆須臾如過眼草山秋雲。今之視昔，如此而已。

九月七日，赴台中大肚山東海墓園掃先父陵墓，上香三炷，水酒一杯遍灑墓前。老父黃泉地下料也岑寥。一生清傲，半世徙遷，憶當年其攜家自神州東來台島，老父年僅半百，而今其孫已為人父矣。

九月九日中秋，在士林雙溪洞天山堂與老母三兄弟歡聚。晚間新聞報導張愛玲女士逝於美國加州洛城。猶憶民國五十八年，我於赴美三年訪柏克萊加州大學，得莊信正兄引介初識張氏，彼即以民國五十七年台北皇冠出版社印行所著《怨女》一書署名相贈。二十六年往事，今怨女已去天國，都似滄海一粟。數日之內，自台大謁傅故校長斯年墓園迄今，語堂先生愛玲女士先後遽隱道山，永浴史河；而靜農世伯及家父皆物故經年，敬謁堂墓，追思今昔，倐忽大化，真愁予詩中言「人間不復仰及」之義。

我自人生來，要走回人生去
你自遙遠來，要走回遙遠去
我們將投宿在天上

在沒有星星的那面

「風起六朝，沙揚大唐，宋帙一卷雲和月，明清兩京清明雨」，只要中國屹立世間，長存於史頁，那麼，這一碟相思豆，這一碟浪漫的紅豆，不管我在何方，天涯、海邊、地角，酒囊永不寂寥，瓊漿永盛酣淋。我都將是心上烙印著「中國人」赤字(Scarlet letter)的中國人，跨過彩虹，在宇宙逍遙浪游尋夢去……

捕影

對於過往，中國人向來喜愛以「雲煙」為喻。李後主詞稱說「往事堪哀，對景難排」，於是乎發出「流水落花春去也，天上人間」的慨歎。我非帝王，自無後主那般失國之痛的泣血椎心。一介凡人，對於過去生活過的環境所發生的今昔變化，只是覺得如影如幻。「雲煙」是可清楚看視且可觸摸到的實景，而「影幻」則不同，它是可以用主觀心智構想其存在，又在剎那間飄逸而去不見蹤跡的茫然。

去年九月四度返台，主要留住在當年我在台時停駐最長久的兩個據點——台中和台北。而那短短的三周，我也一直在這兩個地方捕影。

我是民國四十二年自省立台中二中高中畢業的。但是我進入二中的正式年月是三十八年三月。父親的服務單位「故宮博物院」於該年年初自南京遷抵台灣。先在台北市及今桃園縣楊梅鎮極短暫的棲停後，即遷往台中。公家在台中市南區振興路建了宿舍，而故宮文物則借存於毗鄰的台中糖廠倉庫中。那時四弟莊靈在台中糖廠附屬小學就讀，上面的三位哥哥便按照教育廳的指派，分發就讀於省立台中二中。當時的二中，校長是陳泗蓀先生。校門設在篤行路，對面就是篤行國民小學。在校舍方面，主要就是一幢曲尺型的木造兩層樓房。下臨操場，在操場的頂端，有一排平矮的木房，大約有七、八間教室，那裏就是初中部一、二年級的活動範圍了。大禮堂也是木造的，只有一層，就在曲尺樓前的尖端。那時可能是由於接納大陸來台安插的學生之故，學校男女生都有。我就讀高中一年級那年，是學校最後一屆招收女生（我們那班一共有八位女同學），而校長的職務也由陳泗蓀先生交到潘振球先生的手上。不僅如此，篤行路的校門從此被堵封，另在大雅路闢了新校門。還有一項劃時代的巨變，就是潘校長制定了校歌：「怒潮澎湃，群山圍拱。優秀的青年磨礪在台中。炎黃世冑，無分西東，努力學習相陶熔。二中二中，民族英萃，新興文化急先鋒。披榛斬棘，浴雨櫛風，矢志恢復繼成功。莫謂今日皆年少，年少志氣壯如虹。且看他年再興史，留將幾許寫二中。」是的，「無分西東」，當時的二中增添了不少的外省人，也就成了二中的一大特色，而老師半數以上也都是外省人，更成了特色中的特色。

「莫謂今日皆年少，年少志氣壯如虹。且看他年再興史，留將幾許寫二中。」高中畢業的四十年後，我自海外歸來，民國八十二年九月十四日，我與大哥四弟，趁同往台中大度山東海墓園祭掃先父陵墓之便，決計去母校二中一訪。我們久久不得其門而入，其後詢之於人，方循英才路找到了校門，這可能已是我所知第二次更換校門了。現在的二中全名是「台灣省立台中第二高級中學」，已經看不見當年披了藍白二色領巾的初中學生了。我們投名參觀，訓導主任黃先生善意導遊，所見當年木樓舊址，巍然矗立著五層高的磚樓，新廈四起，氣象宏偉。校中闢有小公園，林泉幽靜，為當年所無。大哥與我道及數位當年師長名姓，黃主任（望之三十許）稱未聽聞過，蓋已仙逝有年矣。如今大哥與我都是花甲之人，較之當年師輩猶老，「昔日少年皆老大」，今非昔比了。中午在當年河墘街一帶一家「山西刀削麵」店進食。店主袁姓，祖籍山東，退役後設店於斯，與我等大談一生為國事。我們隨後又去南台中振興路查訪故居。街道仍在，街名也依舊，但當年故居則片瓦不存矣。再驅車往霧峯，北溝村後半山上為當年我自高一至高三三年的居住地，昔日故宮博物院舊址已全然更易為「台影文化城」。我們參觀了「萬里長城」景觀，彷彿美國迪士尼樂園之America the Beautiful，極是壯麗。當「萬里長城萬里長，長城外面是故鄉」的歌聲如巨雷在四方激盪時，竟肅然良久，感慨不已。我尋找當年故居，竟連屋門口原有的兩株玉蘭花樹皆不存在了。一時只感覺彷彿人在長城之下，又似不知何方。四十年歲月，蘆髮白了人在天涯！

台中印象大致如彼，台北又如何？九月十二日瘂弦邀宴於信義路之鼎泰豐，飯後彼提議遊逛西門町。我與瘂弦皆五十年代早期大學生在台北，一經聞說，欣然附議。我們先尋找成都路口的「西瓜大王」，再尋大世界影院對面之「白熊」冰淇淋店，我還想吃萬國戲院門外的茶葉蛋。然則，俱往矣！換來的是空空的失望。「西瓜大王」及「白熊」冰淇淋都成了歷史名詞，大約只有五十年代的人才知曉了。瘂弦又帶我去漢中街當年「幼獅出版社」一看。那幢紅磚大廈如今更名為「紅磚堡」餐廳，售賣牛排冷飲。我們去了二樓當年幼獅文化公司的幼獅文藝社，如今已是餐廳的一部分。瘂弦說，他當年主編《幼獅文藝》，也就是我的《金魚缸裏的黃昏》一書的作業處。暮色中送瘂弦赴約去後，我獨自在西門町行走，前塵往事，一時湧上心頭。當年曾在此觀看詹姆士狄恩與伊莉莎白泰勒的《巨人》電影，如今詹姆士早已作古，另一男主角洛赫遜也因愛滋病過世，而泰勒女士則又已婚變數度矣。白雲蒼狗，巨人已逝，滿街凡人。中華路西門町口上原有賣日式快餐的小店數家，連中華商場當年都是「眼見他起高樓」的，如今也都「眼見他樓塌了」。我也真想像孔尚任一樣，謅一曲今昔調，「放悲聲，唱到老」。本來還希望沿衡陽路走到重慶南路，也許還到當年我購買此生第一雙皮鞋的「大業皮鞋公司」再買一雙皮鞋（這回可能買他們最好的皮鞋），也許再拐道沅陵街中華書局旁的小攤，坐在藤椅上吃一碗油豆腐細粉加一客生煎包子。但是，捕影不得的空悵使我裏足，連去桃源街吃一碗牛肉麵的勇氣都消逝了。

去台大看看吧！心裏這麼說，九月十六號真去了。校門未變，進校門後右側之二號館及四號館仍未易。圖書館外貌及文學院門面也大皆依舊。唯進校門後左側當年的臨時教室三幢皆不存在了。當然，那三排平房一方停放單車的車棚也沒有了。原來的「普通教室」，只是在原址矗立了更高更壯麗的大樓。而普通教室後面的空地，現在則是可供泛舟的小人工湖。變了，那麼去基隆路口原先住過數年的第九宿舍看看吧！也沒有了。不但人去樓空，樓已不存，我只能憑弔而已。想想看，在我是台大人時的校長錢思亮先生之後，已經四易其長了，焉能不變？

我在同日還去了木柵半山上的茶亭。坐在亭中品茗眺望台北，全是高樓大廈。山風習習，但那些大廈髣髴風再大也吹不斜倒。在氤氳瀰漫不清的輪廓之下，我似乎看到了三十年前台北的影子，也僅止天光一閃，那影子已經無蹤。

捕影，果真要在時間的座標下去執行，我想，肯定是一無所獲的。

台北印象

九月返台，與前此睽距八載，髣髴又經一次抗戰。四年前大病一場，康復之後覺來心驚，此身尚在，也真令人有倥傯兵馬之慼。飛抵桃園為午後六時許，驗檢證照既畢，隨即赴海關提查行李。此次發現官員都年少英奕，著了挺爽的白色制服，面色諄善，親和懇悅，且吐音捷清，行動迅速熟練，態度認真，全無過往「大人先生」威風及役使鼓亢態勢。他們掌握住了「便民」要旨，這與曩時斥喝指責，視旅人個個是通緝要犯，務必捉拿到案的作風大異。不足十分鐘，我便順利過關。隨身所攜皮箱一隻尚未打開，海關人員即含笑語曰：「不必了。謝謝你。」心中之快慰難以描述，是為返台第一大快之事。

四弟驅車接機，相見樂甚。在赴台北途中，晚風習習，車內傳來陣陣國語，此聲伴我長大成人，即使遠在天涯異域亦偶有聽聞。當時之暢快不足以言表，堪為返台第二大快之事。

既抵家門，山堂燈火明亮。載欣載奔，喜見老母微笑倚牆。米壽老人，除齒牙稍有脫落外，精神旺好。八年不見，高堂健朗，雖未能常侍親側定省，但覺自己實乃福人。家國俱在，死無憾矣。八年抗戰隨家播遷，流離顛沛，而今猶能膝下承歡，在中華歷史上，似我這等有福造化之人亦不多矣。瞻前思往，實覺為返台第三大快之事。

快事雖有，不快之事亦得數端。約而言之，台灣一切都在亂中，似乎萬般都隱約在一種「山雨欲來」氣氛之下。茲略舉數事以明：台北市因修築地鐵捷運工程，街道處處被挖得千瘡百孔。汽車原已壅滯為患，如此這般，肆意疾徐，摩擦爭馳而漫無秩序，摩托車之穿梭煩擾，恐警力再多也無可奈何。十字路口無有專門轉道車線，而駕車者私下揣摩紅燈換成綠色號誌時刻，燈未綠即起步矣。此時快車道上及慢車道上的車輛，擁成一堆，各不相讓。駕車者全然不顧地面劃清之路線，大多騎在線上駛車。我有一次詢之於一計程車司機，答曰：「這樣最好，你可以左右逢源，隨機應變。」世界上大都市交通之紊亂者，台北雖不一定高中榜首，但可與之相媲者恐不多矣。

說到汽車，我在台北短短三星期行程中，更有奇妙親驗情事數件，略贅數語如下：其一，我總共乘坐過車牌在台中縣市以南之計程車三次之多。問曰何以如此，答曰「賺錢第一」。其二，某日在台北市區乘計程車，交通擁擠，尾隨我們車後的一輛警車，居然趁黃線以外對面馳車不多之便，越界超車。警察大人但向我們含笑揮手，揚長而去。知法犯法若是，怎能再發號施令於人民？

此度台北作客，寄居國父紀念館旁逸仙路岳丈家。每日晨起赴國父紀念館散步。該地人滿為患，各路英雄匯集：婆娑起舞者有之，拿大鼎、豎蜻蜓者有之，拋扔飛盤遊戲者有之，弘揚教義者有之，誦讀英語者有之，口中念念有詞者有之，溜狗者有之，衣履正規踱方步者有之，衣履欠莊我行我素者有之，踢腿揮拳練武者有之，跑步健身者有之，仰天長嘯者有之，竊竊私語者有之，咆哮轟然者有之，早餐者有之，閉目養閒者有之……蔚為大觀。圍繞園中池塘四周之草地，慘遭任意踐踏，加以護養不力，顏色枯黃。如此尊仰敬思之地，竟然變成鬧市中的大眾公園。我從未見有警察人員出現，看來必是身不由己了。

總的來說，此次台北印象，最令我有怵目驚心之感的乃是大街小巷房舍之拔雲而起。平房在台北幾乎已不見了。原先的巷弄，平靜安和，如今都是高廈櫛比。其實，海島台灣，先天上受到了自然的局限，人口日稠，也只好向天空發展，是為不爭之實。但是，都市之發展——尤其是台北成天自負要擠入世界大都之列——必須配合交通有通盤的計畫。舉例說，住宅及商業區之劃分，乃必然之事。在台北，居於市者，自高廈十樓降下，出得大門，即人在市中。生活百事需要，諸如飲食、理髮、衣履、電氣、家俬……等等，似乎一里方圓之內都可妥善解決。很多公寓大廈，一樓悉數成了店鋪，霓虹閃爍，市招奪目，而二樓以上則闃寂別有幽情。大哥家住光復南路五樓，樓下之熙攘，百業雜陳。在美國住久，你不可能相信那種地段高樓上面住的竟是戶戶善良百姓。

人街景象既如前述，巷弄間又若何？曰，更糟。蓋巷弄中住戶大約比較中庸，衣履談吐行為也較大眾化。糟糕的是，這些人也都是有汽車階級，巷弄本已狹窄，如今兩旁被車輛泊滿，中間可供馳車之處甚細。若有汽車穿越，駕車人身手之矯捷，態度之從容不迫，行人之處變不驚，都予我深刻印象。眾皆嘩然向高空竄升發展，腳不著地，生存於空中樓閣，捨實而取虛，但不知再二十年後又復當如何。

尚有一事難解。台北吃風盛行，大宴小酌，南北餚饌，三步之內，無論大街小巷，必有飲食業者在焉。巨細多姿，華麗蹇澀，都生意興隆。吃，足以顯示民富社安，但在現代化的今日，這並不能代表現代化人民生活之一切。台北三周，日日都有飲宴，生張熟魏，要皆都在餐館。相詢之下，不但告以家中待客不成敬意，有些人家，一日三餐都在外面解決了。「能吃即是福」，這種心態，在二十世紀的大台北如此，這與十一世紀時《東京夢華錄》中孟元老所載，除了汽車、洋房、穿著、霓虹聲響等方面大異其趣外，又有何異於宋代者？

中國大陸亦然。經濟起飛、改革開放以來，最顯著者便是人人嗜吃。吃飽喝足，髣髴國家社會便可以長治久安，人民就可以日日春宵了。

膽大心細的絕活

離開台北，又前後回歸數度以後的這段期間，我從未搭乘過台北公車，出出入入都是乘坐計程車。這絕不是擺譜擺闊，而是事出有因：第一、離開台北既久，人物市容皆非，三十年於茲，一切的一切，對我來說，就像是劉姥姥進了大觀園，在紅樓一夢中變成失鄉的大傻子了。公車路線多少不知，各路所去何處不悉。原因二是台北的計程車多如過江之鯽（此次乘坐計程車，據一位司機大人告稱，大約持有本市執照的約三萬輛，加上全省其他縣市執照的野雞車，為數可能高達三萬五千輛），滿街像列隊而行的螞蟻一般，看得你眼花。信手拈來（我有兩次因擦汗抓癢摸腮，竟有三輛計程車衝將過來示媚的經驗），方便極了。

自美返台在台大中文系執教的學長鄭清茂，為人君子謙和，心胸丘壑寬廣，待人接物沖緩有度，逆來順受，從不當面顯露內心實感。他於回台之後，未從友人規勸，決定自行駕駛汽車。不久前清茂師兄自台返美，我去舊金山機場接機，秋鴻大嫂竟稱：「清茂的脾氣這兩年大了，在台北開車，居然出言語重，經常動氣。」由此可知，在台北開車，實在是一項令人養成心平氣和，磨練忍讓工夫的好方式。能使謙謙君子怒目口誅，便知要達到目的並不簡單。我在此次返台北短短一星期內，乘坐計程車不知凡幾，深有此感。

大家公認的台北交通紊亂，險象環生，確非虛言。我覺得造成此等現象的原因但有二端：其一，機動車的數量超過路況容納量太多。台北的小「魔屠車」堪稱遠東輛數之最。橫衝直闖，有隙就鑽，四輪汽車簡直無奈它何。這些「魔屠」在紅燈的十字路口，呼呼有聲，一旦綠燈啟步，風馳電掣，髣髴飛奔沙場。如此飆風發發、身先士卒的風範，在美國的城鄉，除了穿著黑皮衣褲騎著如巨馬般大型「魔屠」的「地獄天使」幫派分子外，絕對看不到如此壯觀的盛容。我在遠東大城如日本東京、韓國漢城，加上東方之珠的香港，從未見過若台北之市容者。「魔屠」如此，四輪汽車又當如何？地上雖畫設路線，但開車人絕少依照路線行車的。自由鑽擺搶擠，太自由了。地上畫了的線，如同虛設。其二，是機動車在十字路口紅燈尚未改變號誌時，先頭部隊並不等候交通燈由紅變綠而起步，開車的人猜測換燈時間快要到了，尚未變綠，已決然對著紅燈起步了。這時原先過街的行人，走在半途，四方竄躲。現在倒是聽不見汽車按喇叭的聲音了，堪稱一大進步。我希望遵守駕車交通法規也能更上一層樓。

八月二十九日夜八時半，我去榮總醫院探訪瘂弦。將近三十年沒乘坐過公車了，遂決定搭乘公車前往。公車在路上小型計程車及前呼後擁的「魔屠」陪伴下，虎虎生威。老大公車駕駛飛快，左右大約只有一寸距離，稍一失手，必然剮碰。而司機大人的臨危不亂，真是令人欽佩，有大將之風。公車在至榮總前兩站時，車中乘客僅我一人，於是趨前當面向司機大人表達欽敬之意。彼面不更色，並未看我，只輕微的道：「膽大心細。哆哆嗦嗦，在台北就不要開車。」謹受教。倘若世界上有臨陣不亂快速在壅雜的路況開車前行的表演行業，我肯定台北公車及計程車的駕駛人會得到世界冠軍。

花花果果

每回返台，多在夏秋之交。這當然不是旅行良季。不過，由於在學校任教關係，這是一年中最長最寬心最能一己安排一切的時候，似乎又不作他想了。

回台最大的目的是看人。看親人、師長、益友。至於那塊土地，是育人的地方，就跟魚兒離不了的水，和瓜豆離不開的秧一樣，無須多言了。台灣作育了我十數年，我的成長一如田頃中金粒閃爍豐富的蓬萊稻米。秋收之後，站在阡陌上望著廣袤寬野，蹲於地上咂巴著旱菸管的老農，一口一口地吞吐噴吸著菸，滿心的收成，那也就是我每一回返台的感覺了。

除了大米以外，當年在台灣，我還熟悉並喜看蔗田。滿田的甘蔗，根根昂首向天，埋扎在乾涸的土地上，吞吐日光月華，節節竄升，飽含了溢美的漿汁。那時，自霧峯至台中間的糖廠小火車，突突衝響，載負了一列列的甘蔗，吐著濃煙，在一聲嘯傲的笛鳴之後，盈握了夕陽的告別，含蘊餘情朝遠山馳去。

而我這次返台，就在士林外雙溪洞天山堂，於三十年後又嘗享了台灣甘蔗的濃美汁液了。四弟那天出其不意地拿出一包去了皮的甘蔗來，共有四段，呈在我眼前。那澄晶似金條般的甘蔗，那麼強烈地攫住了我的注意。我含笑取了一節逕自放入口中，棲遲異域淡涸了的口腔，就在鬆動了的齒牙奮力咬拚之下，讓一口濃蜜甘洌的蔗汁滋潤了齦根，彷彿瓊漿在口的美盛快意，直落下心頭。

我還喜愛台灣的芭樂及芒果。當年吃到的芭樂狀如乒乓球大小，都是親手用竹竿自樹上挑折下來，於清水中浸洗之後，放進荷包，趕搭到台中去的小火車，一路上助我心曠神怡瀏覽山色水媚的快欣。台灣的芭樂及芒果，現在都是體碩色靚的改良品種，美則美矣，到口吃起來卻不似以往的親切了。改良的芒果已經無芒，彷彿肥肉一塊塞入嘴裡，一咬油脂四溢，完全沒有嚼油渣的香盛之感了。如果還叫它芒果，覺得有一種欲語還休的惆悵。明雄知道我心中惦掛著當年的土芭樂土芒果，竟然駛車回台南老家園中摘取了芒果來供我品享。他說共得四品種，我都一一嘗試。也許是因為自己江湖日老罷，總覺得有回憶的事物方顯特別親切。

台灣的土產水果還有楊桃及蓮霧，清鮮多汁，淡淡酸澀中透著甜意，甚為我喜。可惜這次沒有吃到。回美之後，未及半月收到舒乙投自北京十月三日的信。他說：「現在北京已秋高氣爽，正是最漂亮的時候。瞧瞧那滿街的水果，一街香氣，神氣之極。古典的北京秋果：大白海棠、紅的白的石榴、香果、檳子、大京白梨、鴨兒梨、各色棗子，都已漸漸稀少，甚至不見了。多的是近代果品，當然是經過科學家們下了各種功夫的。諸如蘋果、香蕉、獼猴桃、西瓜、梨子、橘子等等。色好，個兒亦大。但吃起來多少有點大而無當，味兒不濃，顯得華而不實，表裏不一。南方果子也大舉進京，菠蘿、洋莓、荔枝，居然滿街都是。」他覺得現在的水果「吃起來多少有點大而無當，味兒不濃」，足見與我兩地而心有同感，這大概都是在物質環境向前邁躍的時候必須承受的惘然情傷吧。

我記起幼少時住在貴州安順時的光景來。石榴真是我喜歡的水果，裂開呈現無限潤晶光澤又復充盈的珍珠顆粒，嬌嫩軟粉，美極了。還有柿子，豔豔掛滿樹枝，像是一顆顆赤紅的心啊。還有花紅——一種彷彿具體而微的蘋果般的野果，也許就是山楂罷，一口一個，脆美極了。另有一種土產水果，號稱「龍爪」，是烏黑色的好像滷過的雞爪一樣，蜷曲著。狀不甚美，但投入口中嚼食，卻也甜好。再有，那就是野茨藜了。夏秋之交，滿山野地都是。人手總跟奔忙的蜂蝶搶奪，摘下之後，隨手將果子一身軟刺剝除，掰開入口，一種清淡酸甜的味覺，和著唾液一齊流嚥到心底去。父親當年用茨藜泡浸在酒中，他總稱說那味道真好。我從未嘗過，即使再有機會重返貴州嘗試，而父親卻早已仙逝十數年了。

人都有今之視昔、追溯本源的遐思構想。我不能免俗，於是自果談及了花。

少幼時讀唐宋詩詞，有「花市燈如畫」句，一直就盼著那般的豐豔浪漫。似乎也並不需要「月上柳梢頭，人約黃昏後」的感懷情意，只要徜徉花市，就會足令我忘返了。可惜，時至今日，我都沒有在花市行過。宋詩裏有「黃四娘家花滿溪」句，這雖不若花市之絢爛美盛，但是都有莖有枝有葉茁長在沃土中，這般完整鮮活氣勢，端的不是花市可見的。

小時最常見的花是喇叭花。此花嫣謝甦茂每日一回。於清晨浥露沐陽見之，昂首挺胸，尤其在抗戰時期，一下子竟渾身的力勁志氣都被藍、紫、青色的喇叭花的噠噠號聲吹騰起來了。這大約是我此生自幼至今一直喜愛此花的原因吧。我在域外的家中後園，某次初始訝見此花，不知是哪家花種飄落，抑或是祖逖英氣隔海駐節酒蟹之居，居然自生自滅的攀緣向上，一夜之間號聲震耳，昔年在西南高原上軍號聲亢揚的氣氛霎時鼓耳擂心，在垂老的花甲之年又覺意氣風發，荷槍闊步奔向沙場了。

在中國大陸及台灣時，還有菊花是我所喜的花卉。我初識菊清也並未受詩詞的激介，只是覺得菊有一種俗人難具的凜雅。不香，但你就是感到與它有一種難言的淡閒情誼，彷彿沏開的菊花茶香一樣，其味是填胸通臆的。西方亦有洋菊花，與國菊相較，究覺單薄疏落欠缺雍容，且瓣數顏色均不堪與國菊相捋。洋蘭是目前我最喜的花種了。卉、色殊多，其清、挺、秀，房內室外，都供人養目滌心。此花倒是比中國蘭花來得品貌皆勝。中國蘭失之傲冷，也顯得單弱。尤其那蘭葉如長袖揮擺，一副不等閒的樣子，彷彿天下蒼生都不在眼底了。而洋蘭之葉闊飽碩，渾身精沛力足，一開數月，最是服人。

最近友人自洛城購得玉蘭一盆北上相贈，妻已移植大花盆中。以前在台中霧峯鄉間，屋居前即有兩株玉蘭花樹，家門清和便見幽爽，常引來山鳥啁啾。那時我家前後松竹都有，倒真是如辛稼軒所說「一松一竹真朋友，山鳥山花好弟兄」了。此花在台，售賣者都盛放竹籃中，數朵穿成一串，原本是沿街市易的，現在則由少女掛籃在玉臂上，川流奔走於大街車隊中，在汽車稍停時分向車主搶售。九月在台北，某日上街遇雨，仍見此等展賣玉蘭花的情景，忽然想到了唐詩「小樓一夜聽春雨，深巷明朝賣杏花」之句來。小樓、深巷，大約都已經在台北朝向二十一世紀邁進的程途中，在車聲隆隆裏淡散在人氣和工程嚣亂的沙塵之內了。

舒乙的信中也提到花。他這樣寫：「北京秋天的好看還在於花。以菊花、大理花為最好。好聞的有桂花。你想像不到，現在每到秋天，居然有幾十萬盆鮮花擺上街頭，三步五步一個花壇，真是賞心悅目，叫人心曠神怡。」要是能把北京的政治味兒撇掉，我真想即刻買一張飛機票，在秋遲冬至之前，回到故鄉去。我想，因為按照舒乙信上說的，我長久以來嚮往著的「花市燈如畫」的景色，在二十世紀的今天，已經來了。他在信末還說：「你那兒的氣候和螃蟹頗吸引人，令人羨慕死。」要是可能的話，我倒情願拿氣候和螃蟹（而且其一根本不須花費一分一毫）去跟他換一聞花氣的良機哩！

第六輯

坐享知音

仲夏夜之夢

前一陣子溽暑酷熱，舊金山海灣區氣溫高達華氏一百度，人們叫苦連天。南灣聖荷西城內黑人小孩索性自行撬開馬路旁邊消防栓水龍頭，在大水沖擊下嬉戲追涼。我觀電視，中西部一帶情況更糟，熱度高達一百以上，全國因暑熱魂歸離恨天的人數計達七百餘人。數日下來，僅芝加哥一市，死亡人數已近五百人。

所謂暑熱，我在抗戰中禁受過。長江沿岸三大火爐我全住過。抗戰當年在鄉下，不消說冰箱啤酒冷飲沒有，即使自來水也付闕如。一碗綠豆湯，那就是消暑妙品了。當年在台灣，雖無冰箱，但至少有冰棍可食，更有黑松汽水。如仍覺熱不可當，便沐浴數回。總之，已較早年在大陸好得甚多。

我離開台灣時，高樓大廈尚不及目下十分之一，一般民房，裝置空調冷氣的鳳毛麟角。晚飯後，一家人搬竹床藤椅，在院中甚或大門之外納涼，打搖著蒲團扇，聽大人述說當年故鄉種種。小孩們也於是時申氣述志，大人從旁嘉勉勸進。家國溫馨，每在蚊蟲竄飛、螢火閃滅之際，共天邊流星倏逝。歸房就寢之前，喝一碗母親白日煮好的綠豆湯，間或佐以香蕉、西瓜，甚至鳳梨酥等糕點，然後登床入睡，一夜好夢。

如今，家中多裝設空調冷氣，冰箱之中，冷飲食物多有。或聆聽音樂，或觀電視。外界即使熱得天崩地裂，斗室之內，舒爽依然。綠豆湯諒也被可口可樂取代了。要緊的事是，即使家人都在一個屋簷之下，卻各有房司。除吃飯外，家人同聚一室的機緣殊少。獨處室中，與外界亦有電話聯絡。到了這樣情況，便不期然的懷念起來當年種種舊往。人往高處爬固然，但俟爬上峯頂，此山望得那山高，就又倏思地緣上的一切了。

抗戰時期，兒時之夢，多半是環境中不可即得的痛苦追求。夢中體膚受害受驚，醒來猶覺悸悸。老來入夢，可嘆竟多緬懷稚往。生活之捉摸情感以致如此。記得在大學時，唱片欣賞會聆孟德爾頌氏〈仲夏夜之夢〉一曲，遐思狂想，久之不散，連蚊蟲叮都不顧了。而今也，我書房壁間懸有傅狷夫老伯賜書吳祖光鄉兄贈句：「十丈紅塵，千年青史；一生襟抱，萬里江山。」我真想仲夏之夜一夢行遍故國山川，不再醒來！

近得北京舒乙兄信，謂：「北京已進入酷暑期，天天三十四度左右，相當難受了。不過，空調已進入家庭，夜間倒不愁睡不著。不必像以前那樣，要在院中坐至深夜，談天說地搖芭蕉扇。」北京是我的故鄉，卻並無在那裏溽暑消夏的經驗和記憶。我這一生，都一直在戰爭離亂之中，早成失鄉之人。即使做夢，恐怕也是像唐詩「打起黃鶯兒，莫叫枝上啼；啼時驚妾夢，不得到遼西」那樣，永遠回不到什剎海、景山去了。

緣

暑間晝永，而當熱浪來襲時，室內溫度高達華氏一百零三度，忽覺周身不安，呼吸迫促，心煩意亂。家中無有冷氣，除了偶進冰水一日三沐之外，想到了「心靜自然涼」的話語。於是步入書齋，伏案靜坐讀書。未料霎時之間，有如遊仙登高、坐聽松風、遐觀飛鳥吊瀑的愜爽。

我在中國長江沿岸三大火爐——重慶、武漢、南京——住過。其後遷台，亞熱帶島國的濕溽悶熱也都熬過來了。斯時白日裏打搖著扇子度日，冷氣無有，電扇弗具，連冰都很難消受到。火爐子把我煉就了一身上下堅忍的功夫。到了去國離家，有幸住在世界上有名的氣候宜人之地：澳大利亞墨爾本在先，美國西岸加利福尼亞州舊金山海灣區在後。人在福地，對於以前遭受的寒暑逆差，一下子成了記憶中明滅遙杳的遠影。這一切的一切，何以如此？似我這般自幼離亂逃災避禍的人多矣，而何獨我有此幸運優寵？細思之，也僅得一「緣」字。

緣，乃是一種不待敘說，卻又無法排拒的現象。佛家說一切事物皆因緣和合而生，這只可意會，不若科學現象之立見端倪。我對科學，非常信服其真實，厥功甚偉，令人感嘆。雖然，對於人生尚有許多許多蛛絲馬跡現象，似無法求證，但也不能不信。冥冥之中，緣定三生。佛家的「緣」真是妙極神極。

我在書齋之中，信手取來一冊《豐子愷文集》第五冊（一九九二年浙江出版社出版），一翻即翻到豐氏發表於一九二七年，因悼念其早產而夭亡的兒子「阿難」（因母親為其受難，故名）的文章。他在文章中這樣寫：「阿難，一跳是你的一生（當豐氏自醫生手中驚奇的看視著這早產兒時，『這塊肉忽然動起來，胸部一跳，四肢同時一伸……後來漸漸發冷了』。），你的一生何其草草？你的壽命何其短促？我與你的父子情緣何其淺薄！」至此，豐氏神筆一轉，從俗世常情進入於佛家的大化世界：「然而，這等都是妄念。我比起你來，沒有什麼大差異。數千萬光年中的七尺之軀，與無窮的浩劫中的數十年，叫做『人生』。自有生以來，這人生已被反覆了數千萬遍，都像懸花泡影的倏現倏滅，現在輪到我在反覆了。所以，我即使活了百歲，在浩劫中，與你一跳沒有什麼差異！今我嗟傷你的短命，真是九十步的笑百步。」酷暑中讀此，對子愷先生參透大妙的「悟」，真如身臨廣寒，享受到仙樂風飄的爽悅。陶淵明說：「縱浪大化中，不喜亦不懼。」豐氏抓住了「緣」，把生死明滅及過往未來，都宿歸到「生」之浩劫中。這等大悟，使我們讀不到半點豐氏在遭受凌辱折磨的情境，因病發而溘逝對於其「身世」的申訴。這無疑令人益發增加了對於豐氏信緣之虔的崇欽了。

阿難，我不再為你嗟傷。我反要讚美你的一生的天真與明慧。原來這個我，早已不是真的我了。人類所造作的世間種種現象，迷塞了我的心眼，隱蔽了我的本性。使我對於擾攘奔逐的地球上的生活，漸漸習慣，視為人生的當然而恬不為怪。……你的一生完全不著這世間的塵埃。你是完全的天真、自然、清白、明淨的生命。世間的人本來都有像你這樣的天真明淨的生命，一入人世，便如入了亂夢，得了狂疾，顛倒迷離，直到困頓疲敝，始倉皇地逃回生命的故鄉，這是何等的癡態。你的一生只有一跳，你在一秒間乾淨地了結你在人世間的一生，你墜地立刻解脫……在浩劫中，人生原只是一跳，我在你的一跳中，瞥見一切的人生了。

子愷先生的佛緣真是結得深邃，他的佛心真是恁地朗淨。在〈赤壁賦〉中，蘇東坡有言曰：「自其變者而觀之，則天地曾不能以一瞬；自其不變者而觀之，則物與我皆無盡也。」百年之身與「一跳」的僅存生命，永恆與須臾，如果放在變與不變的大相中，豈非一也？我們的生死明滅，皆因緣而生，因緣而寂。陶淵明又說：「人生似幻化，終當歸空無。」往佛性看，人生即緣，緣生緣回，輪轉無已，皆空無也。有了這等大悟，十丈紅塵，還有什麼會令你斤斤於心的？溽暑晨昏，火爐子與否，又有何異！

讀書至此，便覺燠熱盡退，竟有「出淤泥而不染」的潔爽。此時收音機中傳送來貝多芬氏第五交響樂《命運》的音樂，一下子令我覺到人之情緣是多麼美妙而無須詮解！

徜徉於山水之間

一位在廣告業工作的朋友來電說，她正為此間（加州舊金山灣區一帶）新近推銷上市的「山水豆腐」設計包裝塑膠盒玻璃紙上的圖案，要我以毛筆書寫幾個中文字。設計圖案，遠離中土，中文字在直覺上並不是那麼必需重要的了。想來，這大概仍是以把售賣對象限於華僑而作出的構想吧。要激發起海外華僑的「吃豆腐」心態，因見字而購買，在商用廣告學的推銷觀點上當然是成立的，無可厚非。我在心裏納悶的卻是：何以用「山水」為牌名？不得其解。

詢之於對方，竟也得不到妥切回答。她只說：「管它是不是有山有水，這就是廠牌。您大筆一揮就行了。」大筆一揮屬實，但我這挖牆角的毛病未獲舒伸，竟有不甘，於是作起白日夢(wild imagination)來了。初夢是「山水」可能是「神髓」的諧音，豆腐清滑，狀似柔軟腦髓。「神髓」者，食品中之精華也，此之謂歟？但是我這幼稚的初夢，終被妻的妹夫、我的連襟建安老弟（粵籍）所撕破。蓋「山水」、「神髓」廣東語發音有殊，不得強行拉扯關係。於是，我又有了第二夢：山水者，山青水秀，令人心曠神怡；潤爽在口，一似青山綠水過目也。此乃大雅君子的清高意識，可圈可點。

其實，豆腐一物，正是具有平凡之中見其卓異神功的東西。「腐」之一字，多少有些貶意。當初是何人首發命名，固不可知，但多少都有「叫化子雞」一樣予人啼笑之感。中國文字，不若西洋文字之唯拼音為是，更究其理義，以之命名，似不可不慎。

近讀馬逢華教授散文集，其於〈造境與寫真〉一文中說：「中國在十四世紀中葉（元朝初期）以前，科學技術和經濟的發展，都是站在全世界的最前面。自此以後，逐漸衰微。十八至十九世紀，歐洲發生工業革命，波瀾壯闊，我國依舊徘徊不前。相較之下，益形落後。」使我一下子又想到了豆腐，似乎真是徜徉於山水之間了。

豆腐在有時下的精緻包裝以前，一直是傳統的鋪擺在一片木板上的大眾化方式售賣的。販賣豆腐的用一片鐵片，將整板豆腐切割了售賣。濕漉漉的，只用舊報紙或芭蕉葉包裹。我離開台灣時還是如此的。不僅此也，出國到了香港、澳洲的新金山（墨爾本）及剛到美國的舊金山初期亦仍如是。用塑膠盒裝了再蒙上一片玻璃紙的包裝法，是此間日本商人的構想。不用整個的塑膠盒子盛放，而僅在盒面上敷以玻璃膠紙的構想，表現日本人也同樣著眼於豆腐本身予人以腴滑柔軟潔淨的印象吧。

馬逢華先生對於照相機的發明而敷寫的〈造境與寫真〉一文，可以清楚見出作者對於國人在科學理論方面，早在紀元前五世紀便已大彰，可惜一向在力行方面遜遲不前，終致到了清代被洋人的船堅炮利的實際而打得落花流水，全盤輸掉。於是乎才有學界「現代化」的呼號。中國人向來有玩耍文字的小聰明，再借重物形物質況喻為意，弄出了一大堆的俗語妙喻來，即使在豆腐上面也大作文章。

時下廣為人知的「吃豆腐」，便是描寫以豆腐況喻清純戆滯的少女姑娘，遭逢無聊男子逞口舌之快，或狎行佻為。文字間並未有對於男子行為的摹示，但以一動詞「吃」與家喻戶曉的名詞「豆腐」相連，當可想見俟一塊豆腐入人口後的欣快意愜，而且純滑柔腴的一塊豆腐在伶牙俐齒嚼咬之下，窸窣吮吞，心口雙快的感覺，以及吃者之心滿意足態狀，都引發出來了。這在隱喻修辭上的確是精彩之極的說法。被佔了便宜、又澀拙靦腆不便申訴的表態，用豆腐入口只有被動的滿足食者快意的描寫，道出了「強」「弱」之間的形勢，中國文字真是不作他想了。

上海話「新開豆腐店」喻剛上道的毛小子，力道尚嫌不迨，以及「豆腐肩胛」喻某人沒有擔當，皆是好比喻。至於「豆腐嘴，刀子心」喻嘴軟心狠或「豆腐心，刀子嘴」喻口硬心軟的說法，都可以說是內外相對貼切。《三言二拍》之《醒世姻緣》中常有「豆腐掉（或吊）在灰窩裏」一說比喻沒有辦法，事情彷彿豆腐掉落在灰中，吹拍都無用，解決不了了（譬如

第八回、三十六回、三十七回、六十一回、八十四回）。

這樣說來，中國人貴言說而輕實踐的傳統是其來有自的了。明李時珍《本草綱目》卷二十五「豆腐集解」項下注說：「豆腐之法，始於漢淮南王劉安。」淮南王時代的豆腐，是否如現在豆腐未經塑膠盒裝潰之前攤放在整塊木板上，雖不確知，但臆測是「雖不中，亦不遠矣」的了。

兩千年的歷史發展，到了二十世紀末季，豆腐才有了妥善怡目美觀的包裝，可惜還不是國人首創，歷史的包袱真是又重又長啊！

知音

早先讀宋詞，辛稼軒有「誰要卿料理，山水有清音」一句，這是他〈水調歌頭〉前半闋最後兩句。緊接著下半闋是：「歡多少，歌長短，酒淺深。而今已不如昔，後定不如今。閑處直須行樂，良夜更教秉燭，高會惜分陰。白髮短如許，黃菊倩誰簪。」如今年屆花甲，偶然思忖讀之，忽然溢出新意。「清音」者，知音也。倘徉於山水之間，投足回首顧盼，都怡然自得，真是「誰要卿料理」了。而下半闋的「歡多少，歌長短，酒淺深」九字雜沓而來，鏗鏘韻致，我非常喜歡。如今「少年不識愁滋味」的階段早就過了，再讀此句，彷彿人生底事，都似電光一抹。世事浮雲，水月鏡花，繁簡已成既往，一杯飲盡，誰管他是「歡多少，歌長短」哩！這樣的感覺，大約也是步入老年，走過一段崎嶇途程之後才有的。

於是乎，我就覺得「知音」的可愛可貴了。少年時期認係「知音」者，後來變質，甚至是反目成讎的，比比皆是。仔細思來，那大約也就是因為少年氣盛，愛上層樓，總是站在天梯上瞰望。或者就是由於自認係天下倜儻才人，「騎馬倚斜橋，滿樓紅袖招」，耳朵軟，只要有人在耳畔美言兩句，於是就引為知音，把心都掏出來了。少年閱人的眼睛，不是木訥，就是狐疑，很少有「正色」。因無正色，閱人不深，談不上知己知彼。這情形到了老年，就像辛稼軒說的：「歡多少，歌長短，酒淺深。」閱人一生，眼光因著於某一定位，而該定位是與經驗知識交織，從生活中得到縱橫交叉的一個交點。你有了這樣的定位，別人也從生活中求出相同的經驗及知識的交叉點，於是乎，又因為個性相投，語言入港，就互為知音了。

比方說，我在少年時期，萬萬不可能把一個語不同文、膚不同色的洋鬼子，引為知音的。但棲遲域外之後，漸然這種不可能變成可能了。語不同文、膚不同色並非構成知音的絕對大礙。同文同膚色的人，有時反倒有某種程度的疏差。這也就是說，少時認係知音的條件，主觀及感性偏多；而在老年，客觀及理性卻增強了。

知音並不需要朝夕相見，但永在懷中，人在千萬里也無妨。如今科技文明大進，一通電話就把彼此之間的疏隔悉數扯平。即使高山大海，也就是辛稼軒所謂的「誰要卿料理」了。蘇東坡說得好：「乾坤萬里眼，時序百年心。」不是麼？知音又何須必是血肉之軀的人！心感，大概應是最微妙恰如的形容了。

坐享

我們常說，某人有書卷氣，或某人有銅臭氣。後者多半是以為金錢萬能，無所不在，無不可為，於是便自大囂張起來，言行時都不免被銅臭氣的氤氳所掩蓋了。

書卷氣是靠切磋與尋思引發起來，昂然充沛在氣宇間行走飄逸的。用大把銀子買了書冊擺設在屋內每個角落，但是毫不與這些東西接觸切磋，擁有反是贅累，當然談不上享有。以前的皇帝後宮佳麗三千，宮院滿盈，但是得寵的嬪妃不過數人甚或一二人。你能說某帝王真的擁有天下美色麼？當然，說「享有」，那就更其荒謬了。我認識並知道一些銅臭氣深重的人，為了要掩藏身上的銅臭氣，於是買了大批的書本，把書房布置得美輪美奐。但是，他們從不在書房停留，至於有些什麼書冊，何等書冊是放在何處則全然不知。這就跟徒擁有後宮三千佳麗的帝王一樣，反不及一個只有糟糠妻的人粗茶淡飯的生活來得愜適。坐享，就是要有時間留守書城，坐下來慢慢品享。這跟享用美饌一樣，不是豬八戒吃人參果的行徑，要細嘗慢品。這不是果腹，兩個饅頭塞下肚子就成了。

書冊之蒐集，於我是一項癖好。我購買的書本都是經自己親手挑選的（當然也有友人贈送的)。置於書架上，我常有的習慣是不時去觸摸它們。所謂觸摸，有時是信手取來一本一冊隨意翻翻，有時會抽取其間一頁一章一段。親手挑選，就髣髴娶媳婦一樣，是自己決定的，媒妁之言採聘一概拒斥。俗話說是「自由戀愛」，正是如此。所以，旁人認為一定要有要看的書，我則不一定苟同，通常是並不具有，當然也不必看了。但是，我自己認為是應該有的、應該讀的，常常就花點錢添買了。比方說，我是搞文學的，專長散文小說，但是對於新詩則絕不放棄，不僅不放棄，且有相當水平。鄭愁予的詩集我就應有盡有。至少我認為談現代詩不談鄭愁予就等於談古詩而不談李白一樣。我對鄭愁予的詩也不是一夜就熟的，是不時取閱，漸然領會的，也就是慢慢「坐享」的。

書房的書冊不在多，而貴在精。不管怎麼說，自家的書房究竟不似圖書館，不可能巨細皆有。因此，在有限有節度的財力下，精選細擇是絕對需要的。因為藏書都是一己專愛，你一旦坐臨書城，不但擁有，那種享有的快感是無法可以取代的。俗話說「家花哪比野花香」，對於自己的藏書，我要說正是這句話的反語。儘管別人擁有頗好頗豐的藏書，但究竟不及自己家內的好。青菜豆腐，原是很不起眼的東西，但是自己的手藝就是無與倫比，就是可口稱心。坐在這樣的書城中，享有國富天下的世冑，簞食瓢飲，都是令你延年益壽、喜不自勝的。所謂「金屋藏嬌」，嬌不一定在多，要緊的是你覺得是嬌。如此，一嬌勝似千嬌，何況太多之後，會令你眼花撩亂！

我在前面說，常相切磋。對書冊而言，有時不一定真看真讀，就摸摸碰碰也是好事。這有一先決條件，那就是經常把你書架上的藏書整理排比。這是一種運動，兼又使得藏品井然有序，更發生並不厚此薄彼的情懷。不耽於一，會給你許多許多意想不到的驚喜與安慰。

稿紙與自來水筆

自來水筆和稿紙二物，對作家來說，真是功德無量。一筆在手，既得闡發宏言讜論，又可在書藝方面藏拙，字字入格就範，井序了然。而長於書藝的作家，用自來水筆書寫，雖難展現毫端歷代書家鐵畫銀鈎功力及風華氣象，但疾徐、輕重、大小仍可隨意經營，體形之瀟灑謹嚴亦無限制，自得其樂。尤其是省卻了頻頻研墨添墨之苦，用自來水筆書寫便更有毛筆所不及的佳快感。

四十年代時，原子筆問世，舉國為之愕然。有人擔心自來水筆從此壽終正寢，而曾經為毛筆之偏廢抱屈痛心的人，更是樂觀大變，嫉惡如仇地冷言諷語曰：「革人命者，人恆革之。」殊不知原子筆雖以新貴拋頭露面，終未成新寵。到了六十年代，自來水筆仍舊霸業赫赫，日常生活中與它生息關係深厚的文化人士，不論置諸案頭，或插放襟袋，自來水筆都還是風光當令的。原子筆之所以未能大行其道，想來原因不外二端：其一，一旦用到油罄燈盡即遭遺棄，不免令人齒冷，所得感覺不是予人方便，反是出身寒微、品調低賤了。其二，由於當時製作技術水平不高，筆心的油墨，或則凝滯乾澀不暢，頓、敲、抖、甩都無結果；或則一瀉如注，紙、手沾污，極是狼狽。其實，即使時下原子筆形形色色，千嬌百媚，廣受一般大眾喜愛，自來水筆之尊貴雅麗，卻仍獲重視。舉凡大典詔制定律，或文書契約之簽署，儘管國人還是用毛筆以昭隆正，洋人是絕不以原子筆取而代之的。至於我自己，欲握原子筆為文時常枯坐良久而不得一字，故其地位也尚待建立。

自來水筆之名源起日本，國人襲用，我在四十年代初入中學的時候還是這樣。其後，不知何時竟改稱「鋼筆」了。近代中、日文化上，在許多方面常見出其間雅俗與精粗來，此處似亦是一例。我們的「粉條」，日文稱為「春雨」，又是一例。

文人鬻字賣畫以維生計的情事，自古即然。可是，靠賣文章吃飯的職業，卻是近世才有。文人窮酸，書生無用，其形象雖不敢說「於今為烈」，至少是仍不怎麼高明的。不過，「作家」一辭，對今日文人的士氣倒確實大有提高鼓舞的作用。業餘的可藉以博得文名美譽；職業的更在衣、食、住、行物質生活上享受到前所未有的風光，至少「文人」圈中的部分成員稱得上是揚眉吐氣了。作家靠一枝筆和些許稿紙便有了足以自豪的生活和知名度（地位恐仍是談不上的），自是史無前例的至上光榮，這也得來匪易。髫鬍農家在風雨中日曬下彎背插秧苗，植字於小小方格子中，為了吟安一字而撚斷數莖鬍鬚，筆耕的嚴肅作家並不易為。

對於他們，我認為不但社會上的讀者應該給與極大的精神上的尊重、感激和愛戴支持，也同時需要出版社方面的物質酬答。所謂物質酬答，自指稿費而言。以高稿酬優遇作家，表示出對作家的尊敬和肯定。過去支付作家稿費低得叫人痛心，或多或少說明了世俗對文人典型看法的印證，以及出版家對作家寓驕憫於施惠的心態。大量寫作對作家的創作力和才識是極大的一種浪費，因為削減了作品傳世質的強厚度。

我覺得另有一個在精神與物質雙方面可以對作家表示心意，惠而不費的辦法，那就是提高稿紙的質量。坊間可以買到的稿紙，品質基本不高。若與日本及韓國稿紙相比較，我們的便很是單薄脆弱了。台北某報曾以一批專用稿紙寄贈，編輯附箋囑我「得便輕撫她們」，這是詩意的話語。但就紙質來說，捉筆用力重些時，不僅力透紙背，下面一張稿紙上留下了遍地鴻爪，甚且有刺胸穿腹之虞。另一方面是稿紙上格子太小，讓我總有穿了縮水的衣褲和削足適履之感。自己是大而化之的個性，即使在寫稿時亦難在筆畫結構和字形大小上精打細算，故每每越界破格。我在東京神田文具書店看到過兩百字一張的稿紙，每格比我們的稿紙大出約四分之一。我的韓國朋友許世旭也給過我一札兩百字一頁的稿紙，格子大小跟日本所見差不多一樣。不但如此，日、韓稿紙的品質極好，韌實厚重而光潔，看來大方典雅，給人雍和的愜意。自來水筆一枝在手，舞文於這樣高級的稿紙之上，方會得心應手，文思泉湧的。我想。

我期盼著（應該不算奢望），那般令人躊躇滿志的稿紙早日攤展在我的書桌上。即使連一個字也寫不出來，卻也不覺好似愧對佳人，且讓我開懷的心情和逸奔的想像徜徉在每一方格心的田園中間。

吸地的樂趣

幼時，抗戰時期，家中的若干事都由我們兄弟三人擔任。那時四弟年紀小，便由上面三個兄長擔待了。我們常做的家事是「接水」（當時住在貴州安順，無有自來水，飲用之水購自擔挑的賣水青年。由於那是所謂「天無三日晴」的地方，降雨頻頻，家家戶戶都備有大水缸接雨水，應洗滌及飲用之外之需，可節省日用不少）、「曬被」（由於雨量頻仍，屋房年久失修，一下雨便有老杜「床床屋漏無乾處」的苦楚。於是在床榻盡溼之後，抱棉被衣履於院中曬曝日下的事便也頻仍了）。除此二事外，尚有「灑掃」，但母親多半親手力行，於是我們兄弟三人自小便練習「主外」功夫。後來年事稍長，到了比較懂得疾苦的時候，大人便叫我們洗盤碗及清掃屋外。這在我們剛到台灣的初期猶如此。當時掃地，灰土飛揚，屋內外情況皆一，是很不討好的差事。出國以後，掃帚忽然只顧屋外了，室內則有「吸塵器」盡力。我猶記得抵美不久，系中同事高恭億兄知我尚未購買該物，第一件事便是開車陪我去市場購買吸塵器，那架舊吸塵器竟一直用到我五年後結婚方廢。

目下在科技照應得美好的情況中，行事已不似往昔那般勞神動氣。就拿洗滌盤碗及清塵來說，前者有洗滌盤碗機，倒上洗滌劑，一開電門，機器就代勞了。而後者也不必像當年揮動掃帚，煙塵滾滾那樣動容，只是在機器吱吱韻律中完成清潔工作。雖然仍靠手臂撐支，但只須輕移緩推，不消揚塵起煙，更不必賴畚箕盛置穢物而常有心手不應的氣苦。時下常聽人說，凡此二事，為生活中最令人不悅者。細思之，便是因為機器發出難耐單調的嗚聲使然。尤其是使用吸塵器，前屋開放，後屋或鄰居便如同身在戰場，炮火轟隆，震耳欲聾。因之美國人都最嫌洗盤碗吸地之事，惟恐避之而不及，因是不用大腦的差事。

其實，吸地一事，我倒認為並非那麼令人不耐。從前金聖嘆先生曾有「不亦快哉」之諸事，倘若我們把「吸地」一事，亦當做「不亦快哉」的事而為之，豈不美哉！「久旱逢甘霖」，一直都是我們知道的大快之事。「金榜題名」與「洞房花燭」，大約也是一般人咸認的快事。生在現代，大概幸中彩券，後半輩子錦衣玉食，也是足以令人振奮的事。我當年在台灣讀中學時，看過鐵路局辦的《暢流》雜誌上有署名陳一金者所繪的漫畫，是以豐子愷筆意為之，有一圖寫「人生四樂」，是畫的「吃十個人的菜」。當時我便覺得那是以量勝質的感受，對於饕者而言，並不一定是美樂之事。今天我仍有此感。即使滿漢全席擺在眼前，獨自吃喝，究竟「不亦快哉」能到何種地步，仍是頗令人尋味的。飲佳釀究竟不似牛飲啤酒，或像台灣喝酒仰著脖子往下灌黃湯那樣，就妙在飲酒時的心情及有稱心的朋友，再加上合意菜肴，那才是過癮的事。於是，我們再回到吸地一事上，如果我們能夠增加一點想像力，就跟飲佳釀有知己相陪一般，便自有佳境了。

此話怎講？當今之世，「人權」一語絕對不可胡亂侵犯。凡是遇到你拂意逆志的人或事，不表贊同只能仰賴一個「容忍」的功夫，斷不可破口相譏罵甚或大打出手。民主修養的基限便是這樣。絕對不能強制推銷己見而污辱對方，既如此，「吸地」的行為模式便恰如其分了。比方吸地時，舉凡蜘蛛、蚊蚋、小蟲、飛蛾、蒼蠅、螞蟻……只要你看來不甚喜愛的東西，只要把吸頭一舉，該物便會在無可抗拒的吱吱聲下，被吸入機中，與那灰塵、指甲、腳皮、鼻屎、殘餚、蛛絲、布條、頭髮、纖維……一干東西蹴擾纏阻，最後無聲窒息死亡。當然，張三李四、趙五鄭六，以及那些你恨之入骨、厭之眼睜的事物，都會一一吸之入那積穢之所。尤其是人，當你想望著的嘴臉不分巨細都被吸入之時，那種「滿足」之感會有達到「久旱甘霖」的快樂的。

有人說，這是「阿Q」精神。可是，有時想想，這「阿Q」精神看對何人何事舉用，似若我在前面所述，當是「損人利己」的新方，達到精神勝利，有何不可？君若不信，就試試看！

室小何需大

陶淵明〈歸去來辭〉有句云：「引壺觴以自酌，眄庭柯以怡顏；倚南窗以寄傲，審容膝之易安。」這是他為官八十餘日「心憚遠役」，遂生歸與之情，於是「自免去職」返田園後，「乃瞻衡宇，載欣載奔」跨進家門，把酒欣然矯首遐觀的怡樂。陶公的田園之居，談不上豪華，連軒敞都沒有。但是他能在僅可容膝的狹陋室居中，自飲自酌，怡顏寄傲，似雲無心以出岫，若鳥倦飛而知還，胸襟滌亮，境界高遠，就不是一般凡人所可企及的了。這樣的高風亮節，對文士來說，是很不易得取的。元代大畫家倪瓚（雲林）有居室自命「容膝齋」，便是取精神意旨於陶公之〈歸去來辭〉，欽其志節故名。

〈容膝齋〉圖倪氏原蹟，藏台北故宮博物院中。抗戰軍興，故宮古物遷徙後方，家父押運護送，我幸運自幼便得先睹。世事崩亂，家居多在鄉野，林幽水清袤曠，陶氏的那種高風亮節、不求聞達及自清自怡的行為規範，彷彿自幼便影響了我。幼時觀〈容膝齋〉圖，似懂非懂。圖中倪氏自題小詩有「屋角春風多杏花，小齋容膝度年華」句，一直到抗戰勝利之後，浮海遷台，年紀漸長方才耆悟的。

「審容膝之易安」，這大約也可狀述自我幼年歷經戰亂，一直到離台遠赴域外棲遲他鄉數十年來的實況。在海外，自國內遷徙而來的同胞，最喜比較他人。要在人際關係中顯示個人生活水平的最有效方式之一，便是居室的豪華敞大，再加上豪華的私家汽車。我在這一方面很是自慚的。尤以居家來說，我認為最重要的並非地段、建材、大小，而是要舒適切合自己的身分，於人於己都覺得安逸的感受。更重要的是不能俗，要以氣氛勝。布置要有品味，端靠財大氣粗這是辦不到的。

六十年代老友新漢住在紐約市區，與其夫人小燕每感居室狹小簡陋為苦。我得知後，立即打油一詩寄他們，詩云：「室小何需大，有酒不復疑。讀書破萬卷，繞室燕子飛。」這就比住華廈而夫妻之間貌合神離的景況好上千倍了。

老說

去年年尾，馬戈自歐返美於紐約奉問老母既畢，特來加州酒蟹居與我相敘。一別三十載，當年他大學落寞又復大智若愚的神采依舊。某日與他二人於夕陽西下時分同赴海濱漫步，彼臨風展習太極劍術，書憤靜斂之氣情佈於一臉。我放眼觀潮，海水平平，但見沙鷗數點迎著落日款款飛去。忽憶宋詩「人言落日是天涯，望極天涯不見家」句，雙目潮潤，胸中臆熱，自忖浪跡天涯行將三十年矣。已進花甲，老來寂寞，而歸期杳縹。「人言頭上髮，總向愁中白；拍手笑沙鷗，一身都是愁。」又想起宋人句來，不禁莞爾。

那日夜讀，窗外風雨交加。妻已入寢，我去廚房沏得熱茶一杯，重返書齋，竟又想起范成大詩「靜夜家家閉戶眠，滿城風雨驟寒天」來，驚看案頭日曆，知一九九五年春將盡。「老去人間樂事稀，一年容易又春歸」，已不是當年「早歲哪知世事艱，中原北望氣如山」陸放翁的胸懷了。「鏡中衰鬢已先斑」，充其量也只是陸游老來的筆墨而已了。

最近喜讀宋詩，特別是南宋文人詩詞。當年唐人慷慨華盛之句漸然為宋人內斂收縮多感的形容所取代。尤其是人入老境，浪跡天涯，此種心境更是深重。

朱敦儒有一闋〈念奴嬌〉詞，最為我喜。他說：「老來可喜。是歷徧人間，諳知物外，看透虛空。將恨海愁山，一時挼碎。免被花迷，不為酒困，到處惺惺地。飽來覓睡，睡起逢場作戲。　休說古往今來，乃翁心裏沒有許多般事。也不蘄仙，不佞佛，不學栖栖孔子。懶共賢爭，從教他笑，如此只如此。雜劇打了，戲衫脫與獃底。」

「將恨海愁山，一時挼碎」一句，似乎over-reacted了一點。其實但須呵呵一笑便了。「免被花迷，不為酒困」兩句，倒是醒世之言。我有些朋友，早年負笈江海，學成名就，子女滿堂。偏偏有福不會享，跑到海峽兩岸人老人花叢，所為何來？結果得了花粉熱，噴嚏鼻涕，狼狽不堪。也有的貪杯，酬酢頻仍，弄得心臟不律，血糖偏高。一世英名，全被病體拖垮。看來都是「老」毛病。朱詞「休說古往今來，乃翁心裏沒有許多般事。也不蘄仙，不佞佛，不學栖栖孔子」幾句我最欣賞。人貴自己，仙與佛都係身外。板臉效孔夫子，那就是今俗語謂「裝蒜」者也。「如此只如此」，就是「適性」，不要總向左右看瞧。心安理得，那也即是朱敦儒所謂「乃翁心裏沒有許多般事」了。此處不是說事事無所用心，頭腦簡單，而是說凡不必往身上攬的，都推抖乾淨。

人到老年，一定要保持乾淨俐落。所謂「老態」，一定不能予人龍鍾之感——不能穿七尺八肥的衣裳褲子，不能如華埠老唐人頭上頂戴著歪斜油膩的帽子，不能一臉鬍髭滿肩頭皮似雪，不能彎腰弓背哼哼唧唧，不能蓬髮垢面（洋人老男人腰板直挺，穿得花俏新麗；老女人口紅臙脂、珠光寶氣，沒有什麼不好），應該充分體現「老當益壯」精神。以上指的是形體方面。在精神方面，宜多多與年輕人參與其事，不可賣老，亦不可以老不羞自居。要有仁民愛物之德，含飴弄孫，朝夕睦鄰，弄花種草，蹓狗養貓，都是好事。如此這般，就有了老樣，斷不會被糟踐為「老朽」、「老混蛋」、「老王八」、「老而不死」、「老傢伙」了。

談睡

這個題目，古往今來，早就被人炒翻了。以前談睡的人，大多是開出一張自認極是得體合理的議題，諸如睡眠如何如何好，或睡眠如何如何不好。總之，是希望別人都按照所提附議。如果用一句不十分中聽但十分確切的話說，那就是「強奸民意」。紅、黃、藍、白、黑，大家各有所好，誰能說是哪個顏色最好？既如此，有人需要二十四小時睡眠，有人六小時，也有人三小時即已足。這都是個人需求的問題，沒有什麼孰是孰非。我有一位朋友，隨時可以入睡。比方說，他乘坐電梯，在升降一樓的空隙，不管周遭人是燕瘦環肥，或獐頭鼠目，或香氣襲人難以呼吸，或臭氣熏天令人作嘔，他都閉目微笑，一秒鐘內便見了周公，且還留下兩聲清脆的呼嚕鼾聲，以證絕非虛睡。這沒有什麼不好。霎時燕瘦環肥、獐頭鼠目、香溢臭滿他都可以減免，豈非福氣！

從前上小學及中學，每天早上都有集合早操。我就看見身居邊遠地區而趕早來的孩子，在大夥伸胳臂伸腿的時候，竟然呼呼入睡。老師走來，輕輕打他兩記耳光，接著把學生耳朵拎起來，推扭到前台上處罰以儆效尤。我相信當年也一定曾參加「看眾」，對之加以訕笑。

可是，我在今天的回憶中便覺到了淒苦。學校少，能有機會上學，交通不便，家長們把一個幾歲孩童送到學校，披星戴月，每日往返數小時，犧牲了多少活計呀！我們為什麼要用一種一體的方式，讓那些有苦衷的人來表露他們的不便呢？

有人吃喝無度，但非此不快。怎麼辦呢？你還是由他吃喝去算了。北佬喜愛麵食，南人非大米不能下嚥，我們不能讓所有人一定要吃一樣的糧食。大概只有共產社會才搞出了吃大鍋飯的政策來。當然，在一個現代的注重集體要求的場合，我們勢必有政策來加以歸一。但是，在一個民主自由的社會裏，只要一己的作為並不影響大家，我們便理應尊重一己的選擇。比方說，有人一定要臥在「蓆夢思」(Simmons)的床墊上才能入睡，有人則非睡地板不覺過癮。這只要不在軍營、不在醫院、不在任何公共場合，就由他去罷。似也不必非說何者為好，因為好壞本是因人而異。

最近接到一位朋友的來信，說是：「把住了十年的公寓賣掉了，現在租住一間小小套房。這裏比過去的住址再向東五英里，唯一好處是可以坐公車上班。坐巴士有一個好處，就是可以打盹。尤其是在下班時，這個盹一直可以打到終站，沒有過站之虞。」我回信說，人因為生理需要，晚上睡覺，閉上眼睛，世間的光怪陸離全給丟棄，至少是暫時「眼不見為淨」了；這是情非得已。那麼，其他時候便不宜再睡，因為這便太屬「多情」。「打盹」尤其不可，既非實睡，未能得到睡眠效果，而且又犧牲掉欣賞光怪陸離之機。閉著眼想像，自己選擇了黑白，待睜開眼睛，極可能是「情何以堪」的景況，那就極是不必了。

我常覺得，人生苦短，很多可看可知可得的人與事竟不可看不可知不可得。那麼，我們更不應放棄一絲一毫親證環境的機會。有人說世間事齷齪得很，能不見即不見，我的看法則有一點小出入。我認為這種「親眼目睹」的機會本不多，能看就看，「直須看盡洛城花，始共春風容易別」呀！也有人說，這種不愉快的眼前景，死了到陰曹地府也忘不掉，來生更不愉快。我則說，陰曹地府本就是黑洞洞的，連路燈手電筒都沒有，那時想看都沒有機會了。

夜裏睡覺，每人因需要量不同也不必強求劃一。家父生前常夜半獨起，讀書習字，或飲茶吟詩，過了相當時候，再去睡「回籠覺」，壽高八十有二。我自五十以後，有時午夜夢回，再也睡不著了，便起來讀書、習字，或寫文章。我不相信說睡眠「非八小時不可」的說法。總而言之，我可能是身在域外久了，那種「個人主義」色彩已經深入膏肓，覺得不如此不快了。

吃的式微

老友瘂弦來信說：「我吃飯風格是三種人的綜合——吃相：農人（可以蹲在椅子上吃）；食速：軍人（五分鐘得吃完，要衝鋒陷陣了）；食量：流亡學生（吃個賊飽，下一頓哪裏吃不知道）。」閱後莞爾。

蹲在椅子上吃的經驗我沒有。幼時抗戰，蹲在地上吃的景況倒不少。當時的後方（貴州），軍隊過境，稍微敞寬的宅院廊簷下，住滿了東倒西歪的軍夫。開飯就在院子內。地上排擺了搪瓷盆一些，伙夫就挨盆舀一杓湯於其中。所謂湯，即是鹽水，連油星都沒有，湯面浮有菜葉及少許豆芽。戰士八人一組，圍盆蹲在地上。飯碗是別在皮帶上的破搪瓷碗，筷子置放在軍服口袋裏。四組人共一個竹籮筐，內裝紅色糙米飯半筐。一聲「開動」令下，大夥急急扒飯入口，嘴巴還未閉上，又急急奔赴籮筐搶飯，不到三分鐘，籮筐已經朝天了。至於那一搪瓷盆的湯，菜葉及豆芽早被快手先得，能搶到一口鹽水的都算造化，搶到第二碗米飯的，就彷彿有殺掉了兩個日本鬼子的豪勁。

吃那樣的口糧，跋涉萬里，為家為國趕投沙場的戰士，他們的犧牲，如今思之，都會引起發自內心的欽敬。我們做老百姓的，吃的是「八寶飯」（粗糙紅米，內中摻雜了砂子、泥塊、稗子、穀子、老鼠屎、昆蟲屍體、小石子，共稱八寶），副食當然比軍夫們的鹽水稍強。每周大約可以吃到魚肉兩次，而蔬菜自也不限白菜葉及豆芽。但是，若與今日海峽兩岸一般人民的吃食相比，則相去遠矣。

今人有「朵頤稱快」一說。其實，這僅是說者的自我解嘲。醫學實證大概首先就給「稱快」打了折扣。現在流行的糖尿病，都是吃出來的毛病。吃得太精太美太細，身體就不願俯首配合了。去夏我回台北，友人宴請，大都會在山珍海味雞鴨魚肉之外，有一碟「鵝菜」或「番薯葉」之類的粗菜，共大家爭食搶用。經友人解說，原來價格並不低，正乃由於吃得精緻至極，遂有以粗攻精的舉措。這樣看來，真是吃的式微了。從前所謂「粗茶淡飯」一說，於今看來，反是成了高級的「營養」餐式。

抗戰時期，雞蛋可是至寶。婦人生產前後，倘以十數個雞蛋為禮，那是極為風光體面的。有人來家吃飯，倘若主婦端出一盤「炒而已」（炒一盤雞蛋，連稱「如此而已」，以示寒傖不成敬意的謙稱），客人必然喜形於色，連道：「哪裏！哪裏！」但是，如今呢？醫界朋友都說雞蛋不宜多食，此物營養殊高，會造成各種疾病。雞蛋居然變成「壞蛋」了。我的朋友之中，有人不吃糖；有人用鹽程度已減至淡而無味；有人食用水煮方式，不見油星；有人這不吃，那不碰。彷彿畢生作孽多端，但在求情補過。吃的藝術混到這等式微地步，我也真是有口難言了。

當年我在台灣讀中學時，每日都攜帶「便當」充午飯之用。值日學生收集送至學校廚房蒸熱攜回教室發還各人，大家一起食用。偶然交換半個滷蛋或辣椒炒小魚乾一撮、豆腐乾肉絲若干，覺得無限福分。我不知台灣當今的中學生是否仍似我們當年享有這分清福，至少我看大學生是沒有人再帶便當露臉以顯寒傖了。

餃子情

現在回憶幼時家居逢年節圍爐團聚的往事，已經很是遙遠了。但，不管怎麼說，我始終對於那段記憶有著一種苦澀遺憾的況味。這最大的原因，是在年節闔家圍爐時刻，都不是在家鄉本宅，而是在離亂背井離鄉的抗戰時期的異地。

年節的記憶缺少故鄉的襯景，當然是不幸與單調的。不過，也因為此一事實，使得我的記憶對此有更大更深的反射。尤其是當我飄泊在外，在距離故鄉更其遙遠的歲月中，這樣的記憶常能幫助我伴生對於「家」的刻骨銘心的感覺。

「圍爐」，在當時（四十多年前）絕對是確有其事的，而不是像在今天家有暖氣時代用來達到感覺上的一種含有詩意情調的浪漫。那時（抗戰時期），嚴冬藉以取暖的方式是擺在堂屋可以移動的「木炭盆」。盆中燃著木炭，在中央的火焰盛突處可以裝備上一個鐵架，燒煮沸水。而我們對炭盆的熱愛求取，更可以從把栗子、番薯、玉米等埋放在炭灰中燒烤而得到食享的快樂。當然，最大的愉快便是年節時開擺在炭火盆旁邊的年夜飯了。

我們家的年夜飯是吃餃子。除了餃子以外，自然還有母親特別準備的菜餚。包餃子是全家動員的盛事。和麵、擀皮、拌餡，都是母親的工作。可是做餡用的青菜，有時是我們兄弟到城外去挖掘擷採的薺菜或茴香，這在吃食的時刻便有一種勝利的快欣。父親生長於故都北平，母親雖原籍東北，但大學就學北平，因此，他們都有喜嗜並且有吃餃子的傳統。那時，他們告訴我們，餃子代表團圓不分，而其形狀正是元寶的另型，故有發財的吉祥意義。在抗戰時期，人命旦夕。我想，除了發國難財的奸商之外，黔首百姓大概是沒有人躑躅於那樣的解說的了。那麼，吃餃子便是純粹的家和人興的團圓喜慶氣氛。

猶記得母親當時還玩一種遊戲，就是在餃子中包有一隻或兩隻特異的用糖蓮子做餡的餃子，看誰吃著表示好兆頭。也就因為這點可以「作弊」的心理，我們小孩子也爭著參與包餃子的盛事。包餃子不是容易的事，當然煮餃子更非易事。母親教授我們的方法是要點放三次冷水，方可撈出進食。但是，母親是不答應有開口的破餃子的事。現在想起，大約也就是煮破了餃子有一種「散失」的不吉感受罷。唯其如此，我們始終都有不要煮破餃子的期盼。這在我棲遲域外，每年自製餃子的歲時中，都是如此，也因此尚未有破損的意外。

吃罷年夜飯，我們便闔家在炭火盆旁騰出的桌子上玩「擲狀元」的遊戲。狀元及第表示將來在事功上的順遂。當然，凡是參與該一遊戲的人，都有待桌上各式籌碼悉數被取後，連擲骰子三把「搶狀元」的機會。於是，在餃子年夜飯的甘美，拌和搶到狀元的興奮之餘，年夜終在紅燭將殘，呵欠連連，及屋外遠近爆竹聲裏緩緩過去。

而就當倒在床榻，望著父母在火盆邊品茗，用我們聽不見的低聲籌計著來年的時刻，便任壓歲錢串成的遐想牽了逝歲，飛上遙遠而充滿希望的天際去。

辭歲

王荊公有兩句詩：「坐感歲時歌慷慨，起看天地色淒涼。」是他在江西弋陽葛溪驛客旅中作。去年三月十三日我到北京，夜宿「友誼賓館」，次晨拂曉醒來，先是捻燈獨坐，繼而推窗看天。高牆深鎖一院冷澀春寒，牆是灰悒的，天與地也是灰悒的，我一顆悸動、痛楚，也復熱張的心，忽而被鍍上一層淒涼的灰色，便不禁想起了荊公的這兩句詩來。

四月初，回到域外寄寓，夏秋倏忽，寒冬尾續，九個月匆匆過去，已然又是歲暮時序了。今天起床得早，煮水沏茶之後開窗，朝霧朦朧。昨夜留下的薄霜，在草坪上擁住幾片枯敗瑟縮的落葉，那淒涼的寒意凍凝了我的眼睛。展佈在對街鄰舍宅院中灰色的冷樹，又復牽引起故鄉的遙思，也不禁再度想起這兩句詩來。聽說華北今冬奇寒，但願故都友人鄉親別來平安無恙。其實，荊公的這兩句詩前面還有「病身最覺風露早，歸夢不知山水長」兩句，我雖未有病痛纏身，但關情慨慨，也還是頗有戚戚焉之感受的。

過往的一年，原無何值得特別張說之處。不過，一則由於自己是雞年生人，難免對本命年有些淡淡的私情。再說，十二生肖之中，獸居十一，雞是唯一的禽屬，這也就使我覺得特異兀傲，以為應該另眼相看了。而雞年也確是造成我心中極大震盪的一年：波蘭自由工會爭取人性尊嚴的運動終遭受強權的摧壓，波蘭駐美、駐日大使的毅然請求美國政治庇護，接連的中共留學生投奔自由，使雞年的意義得到正面的肯定。而我自己，大陸去來，為文七紀此行所見所思所感，也庶幾可以告慰於心，至少選擇了「寧為雞口，勿為牛後」的作為，略盡生肖的天職。

●

七年前，大哥自港來美，兄弟闊別十三年後，相會於酒蟹居。他贈我禮物三件：硯一方、對筆一枝、綠色尼龍鐵線編製公雞一具。去秋妻自台北省親歸來，從她的乾媽名作家琦君女士的「寂寞櫥窗」中，取回一隻玩具擺設。事有湊巧，也是一具尼龍鐵線編製的公雞，紅白相間，雖不及前者赳赳雄偉，但高腿巨矩，頂冠碩大，也頗有英昂之氣。除此之外，她還帶回塑料製剛破殼出世的雛雞一隻，鵝黃色，栩栩如生，狀至惹人，髣髴啾啼可聞。我與妻同為雞年生，因笑謂之曰：「真真假假，家有五雞，酒蟹居可易名為雞窩了。」遂取蒲扇來，即興揮毫，題斗大「雞窩」二墨字其上，懸之於壁，客來皆拊掌稱善。

我家房舍不大，人丁也僅三口，但客常滿，皆愛酒蟹居安適自怡，陶然相樂氣氛。此間友人競築巨宅，美輪無比，樓高兩層，三、四口人家居之，顯得徒大零落。有人更因離異失和，海外索居便益形冷寞淒涼了。室小何需大，有酒不復疑。雞窩洋溢溫暖，孰云不是！有客怛然蹙額道：「雞窩甚不安全。有惡犬來闖嚇，有婪貓來偷食雛卵，有毒蛇小人黃鼠狼盜殺全家。」我乃笑謂客曰：「君不聞雞有五德乎？我心怡蕩，家無恆產（房子貸款三十年，主人是銀行），何懼之有哉！況喪亂流離，屢遭難而不死，必有後福。君宅心仁厚，然杞人之憂，大不必也。」

客無言大笑，相與飲酒啖蟹，杯盌狼藉，不知東方之既白。

●

雞的壽命有多長，我不確知。即使十二年不死，大約也垂垂老矣。我今四十八歲，十二年後，也是花甲老人了。白樂天有詩云：

誰道使君不解歌，聽唱黃雞與白日。
黃雞催曉丑時鳴，白日催年酉前沒。
腰間紅綬繫未穩，鏡裏朱顏看已失。

舉世擾攘，但期垂老榮登花甲之前，奮力著寫，追補已閒白了的半頭華髮。然後，尋個清靜去處，傍山偎水，築草堂一間，樵屯為生，做個煙波釣叟去罷。

三民叢刊書目

①	邁向已開發國家	孫　震著
②	經濟發展啟示錄	于宗先著
③	中國文學講話	王更生著
④	紅樓夢新解	潘重規著
⑤	紅樓夢新辨	潘重規著
⑥	自由與權威	周陽山著
⑦	勇往直前 ・傳播經營札記	石永貴著
⑧	細微的一炷香	劉紹銘著
⑨	文與情	琦　君著
⑩	在我們的時代	周志文著
⑪	中央社的故事（上） ・民國二十一年至六十一年	周培敬著
⑫	中央社的故事（下） ・民國二十一年至六十一年	周培敬著
⑬	梭羅與中國	陳長房著
⑭	時代邊緣之聲	龔鵬程著
⑮	紅學六十年	潘重規著
⑯	解咒與立法	勞思光著
⑰	對不起，借過一下	水　晶著
⑱	解體分裂的年代	楊　渡著
⑲	德國在那裏？（政治、經濟） ・聯邦德國四十年	郭恆鈺 許琳菲等著
⑳	德國在那裏？（文化、統一） ・聯邦德國四十年	郭恆鈺 許琳菲等著
㉑	浮生九四 ・雪林回憶錄	蘇雪林著
㉒	海天集	莊信正著
㉓	日本式心靈 ・文化與社會散論	李永熾著
㉔	臺灣文學風貌	李瑞騰著
㉕	干儛集	黃翰荻著

㉖作家與作品　謝冰瑩著
㉗冰瑩書信　謝冰瑩著
㉘冰瑩遊記　謝冰瑩著
㉙冰瑩憶往　謝冰瑩著
㉚冰瑩懷舊　謝冰瑩著
㉛與世界文壇對話　鄭樹森著
㉜捉狂下的興嘆　南方朔著
㉝猶記風吹水上鱗
・錢穆與現代中國學術　余英時著
㉞形象與言語
・西方現代藝術評論文集　李明明著
㉟紅學論集　潘重規著
㊱憂鬱與狂熱　孫瑋芒著
㊲黃昏過客　沙　究著
㊳帶詩蹺課去　徐望雲著
㊴走出銅像國　龔鵬程著
㊵伴我半世紀的那把琴　鄧昌國著
㊶深層思考與思考深層　劉必榮著
・轉型期國際政治的觀察
㊷瞬　間　周志文著
㊸兩岸迷宮遊戲　楊　渡著
㊹德國問題與歐洲秩序　彭滂沱著
㊺文學關懷　李瑞騰著
㊻未能忘情　劉紹銘著
㊼發展路上艱難多　孫　震著
㊽胡適叢論　周質平著
㊾水與水神　王孝廉著
・中國的民俗與人文
㊿由英雄的人到人的泯滅　金恆杰著
・法國當代文學論集
51重商主義的窘境　賴建誠著
52中國文化與現代變遷　余英時著
53橡溪雜拾　思　果著
54統一後的德國　郭恆鈺主編
55愛廬談文學　黃永武著
56南十字星座　呂大明著
57重疊的足跡　韓　秀著
58書鄉長短調　黃碧端著
59愛情・仇恨・政治　朱立民著
・漢姆雷特專論及其他

⑥⓪蝴蝶球傳奇　顏匯增著
・真實與虛構
⑥①文化啓示錄　南方朔著
⑥②日本這個國家　章陸著
⑥③在沉寂與鼎沸之間　黃碧端著
⑥④民主與兩岸動向　余英時著
⑥⑤靈魂的按摩　劉紹銘著
⑥⑥迎向眾聲　向陽著
・八〇年代臺灣文化情境觀察
⑥⑦蛻變中的臺灣經濟　于宗先著
⑥⑧從現代到當代　鄭樹森著
⑥⑨嚴肅的遊戲　楊錦郁著
・當代文藝訪談錄
⑦⓪甜鹹酸梅　向明著
⑦①楓香　黃國彬著
⑦②日本深層　齊濤著
⑦③美麗的負荷　封德屏著
⑦④現代文明的隱者　周陽山著
⑦⑤煙火與噴泉　白靈著

⑦⑥七十浮跡　項退結著
・生活體驗與思考
⑦⑦永恆的彩虹　小民著
⑦⑧情繫一環　梁錫華著
⑦⑨遠山一抹　思果著
⑧⓪尋找希望的星空　呂大明著
⑧①領養一株雲杉　黃文範著
⑧②浮世情懷　劉安諾著
⑧③天涯長青　趙淑俠著
⑧④文學札記　黃國彬著
⑧⑤訪草（第一卷）　陳冠學著
⑧⑥藍色的斷想　陳冠學著
・孤獨者隨想錄
⑧⑦追不回的永恆　彭歌著
A・B・C全卷
⑧⑧紫水晶戒指　小民著
⑧⑨心路的嬉逐　劉延湘著
⑨⓪情書外一章　韓秀著
⑨①情到深處　簡宛著
⑨②父女對話　陳冠學著

93 陳冲前傳　嚴歌苓著
94 面壁笑人類　祖慰著
95 不老的詩心　夏鐵肩著
96 雲霧之國　合山究著
97 北京城不是一天造成的　喜樂著
98 兩城憶往　楊孔鑫著
99 詩情與俠骨　莊因著
100 文化脈動　張錯著
101 桑樹下　繆天華著
102 牛頓來訪　石家興著
103 深情回眸　鮑曉暉著
104 新詩補給站　渡也著
105 鳳凰遊　李元洛著
106 文學人語　高大鵬著
107 養狗政治學　鄭赤琰著
108 烟塵　姜穆著
109 河宴　鍾怡雯著
110 滬上春秋　章念馳著
111 愛廬談心事　黃永武著
112 吹不散的人影　高大鵬著
113 草鞋權貴　嚴歌苓著
114 是我們改變了世界　張放著
115 夢裡有隻小小船　夏小舟著
116 狂歡與破碎　林幸謙著
117 哲學思考漫步　劉述先著
118 說涼　水晶著
119 紅樓鐘聲　王熙元著
120 寒冬聽天方夜譚　保真著
121 儒林新誌　周質平著
122 流水無歸程　白樺著
123 偷窺天國　劉紹銘著
124 倒淌河　嚴歌苓著
125 尋覓畫家步履　陳其茂著
126 古典與現實之間　杜正勝著
127 釣魚臺畔過客　彭歌著
128 古典到現代　張健著
129 帶鞍的鹿　虹影著
130 人文之旅　葉海煙著

⑬¹ 生肖與童年　小民著　喜樂圖
⑬² 京都一年　林文月著
⑬³ 山水與古典　林文月著
⑬⁴ 冬天黃昏的風笛　呂大明著
⑬⁵ 心靈的花朵　戚宜君著
⑬⁶ 親戚　韓秀著
⑬⁷ 清詞選講　葉嘉瑩著
⑬⁸ 迦陵談詞　葉嘉瑩著
⑬⁹ 神樹　鄭義著
⑭⁰ 琦君說童年　琦君著
⑭¹ 域外知音　張堂錡著
⑭² 遠方的戰爭　鄭寶娟著
⑭³ 留著記憶・留著光　陳其茂著
⑭⁴ 滾滾遼河　紀剛著
⑭⁵ 王禎和的小說世界　高全之著
⑭⁶ 永恆與現在　劉述先著
⑭⁷ 東方・西方　夏小舟著
⑭⁸ 嗚咽海　程明琤著
⑭⁹ 沙發椅的聯想　梅新著
⑮⁰ 資訊爆炸的落塵　徐佳士著

⑮ 沙漠裡的狼

白樺 著

像在冷冽的冬夜裡啜飲著濃烈的茶，感受一種在蒼茫大地上，心海澎湃的震顫。那麼地古老、深沈，剎時間，恍若置身廣闊的大漠，一回首，就是長城。這是金鼎獎作家又一直指人性，內容深刻的作品，請您在一個適合沈思的夜晚，漫步中國。

⑫ 風信子女郎

虹影 著

一本能深刻引起讀者共鳴的小說，其必然與人世現實生活有著緊密的關連。本書作者秉持著對人的命運的關切，遠勝於對以往藝術形式的關注，賦予了文學創作的生命。從本書作者對人物刻劃描述的過程中，可窺知作者對此一理念的堅守。

⑬ 塵沙掠影

馬遜 著

生命的旅途中，有許多可掌握的機運，但似乎一半早已註定……。馬遜教授從故鄉到異國求學，最後來臺定居，繼而與佛結了不解之緣。滿懷豐富的情感，細膩的筆觸，深刻的寫下了旅赴歐美等地之點滴情事，而念舊懷恩之情愫亦時時浮現於文中。

⑭ 飄泊的雲

莊因 著

歲月的洗禮，在人們內心深處烙印著痛苦、悲哀、快樂與美好的回憶。由於時代的變動、戰爭的摧折，作者歷盡滄桑的輾轉遷徙，使那些漂流不定、幻化多變的過往，煥發出人生的智慧。就讓我們乘著飄泊的雲，領會「知足常樂，隨遇而安」的生活哲理。

⑮⑤ 和泉式部日記

林文月 譯·圖

本書為日本平安時代文學作品中與《源氏物語》、《枕草子》鼎足而立的不朽之作。書中以簡淨的日記形式，記錄了一段不為俗世所容的戀情。優美的文字，纏綿的情詩，展現出愛情生活中細膩的起伏感受與歡愁，穿越時空，緊扣你我心弦。

156 愛的美麗與哀愁

夏小舟 著

愛情之於女人，常常是引誘飛蛾撲火的明燈，是絢麗的毒花，可女人偏偏渴望愛情。作者列舉許多男女的愛情、婚姻故事，郎才女貌未必幸福，摯情摯愛未必有緣，只是男人與女人之間如同萬物的規則，一物降一物，鹵水點豆腐，魔高一尺，道高一丈。

157 黑月

樊小玉 著

丁小玎隨著所在的中國公司到國外做勞務承包。因為是公司的英語翻譯，加上辦事勤快，見了人又總是一個柔柔和和的笑，於是很快就引起當地大部分男人的注意；而小玎能否在心儀的外交人員與愛慕自己的餐廳老闆間找到最後情感的歸宿？……

158 流香溪

季仲 著

作者透過一群「沿江吉普賽人」在流香溪畔發生的動人故事，牽引出現代觀念與傳統文化的價值矛盾、中日文化的碰撞衝突、人與自然的挑戰，以及善與惡的拉扯等；全書行文時而如行雲流水，時而又如波濤洶湧，讀來意趣盎然，發人深省。

⑮⑨ 史記評賞

賴漢屏 著

司馬遷《史記》一三〇篇，既是「究天人之際，通古今之變」的史學鉅著，也是我國古代傳記文學的精華。本書作者自幼即喜讀《史記》，從師學習，如今蘊藉已深，以其深厚的治學基礎，發為見解獨具的文采丰華，帶領讀者一探《史記》博雅的世界。

⑯⓪ 文學靈魂的閱讀

張堂錡 著

文學的力量使孤寂的心靈得到慰藉，貧乏的人生變得富有，唯有肯駐足品味的人才能透晰其所傳達出最深藏的祕密。本書共分三輯，窺視文學蘊含的殷情深意；感受其求新求變以及對大環境的價值。各自激發不盡的聯想與深沈的感動。

⑯① 抒情時代

鄭寶娟 著

在平淡無奇的生活中，你可曾留意生命中點點滴滴不平凡的小故事？作者以其平實的筆觸，刻劃出看似平凡卻令人難以遺忘的人生軌跡，你我都可能身在其中。書中情節所到之處，或許平凡、或許悲傷，但卻也不時充滿著生命的躍動，值得細細體會。

⑯② 九十九朵曇花

何修仁 著

人生有多少夢境會在現實中重複出現？是山間的樵歌？白雲間的群雁？還是昔日遠方純樸、悠閒的鄉間漫步？作者來自屏東，以濃郁深摯的筆調，縷縷細述人生中最動人的記憶，伴隨你我，步履於南臺灣的舊日情懷，一同感受人間最純摯的情感。

163 **說故事的人**

彭歌 著

這是作者多年來觀察文壇、社會與新聞界的肺腑之言。輯一故事與小說自不同角度探討小說寫作；輯二人與文刻劃出許多已逝人物卓然不凡的風範；輯三海外生涯則寫遊記、觀賞職籃等旅居海外之觀感。讀了此書，彷彿親身經歷了一趟時空之旅。

164 **日本原形**

齊濤 著

從明治維新以來，日本的一舉一動都對世界有著深遠的影響，尤其對臺灣來說，其影響更是巨大。作者長期旅日，摒除坊間「媚日」或「仇日」的論調，以客觀的描述，剖析日本的現形。對想要了解日本時勢與脈動的人來說，是不得不看的一本好書。

165 **從張愛玲到林懷民**

高全之 著

作者以嚴謹誠虔的態度，客觀分析的筆調，來評論臺灣當代小說，深深讓讀者了解近代文學的特點，進而深入九位作者的作品中，提供一些深刻的創見，帶領你我欣賞文學的美與實，進而體驗文學對生命喜悅、悲哀等生動的描述。

166 **莎士比亞識字不多？**

陳冠學 著

莎士比亞識字不多！一直以來被誤認是個偉大的作者。讀過本書，應能還莎士比亞一個清白，他絕對不是一個掠美者。這把聖火在臺灣重新點燃，希望將來這聖火能夠由臺灣再度傳回英國，傳到世界各地，也好讓莎士比亞的靈魂得到真正的安息。

⑯⑦ **情思・情絲**

龔華 著

「妳，像野薑花；清香，混合在黎明裏，催我甦醒。沒有妳，我睜不開眼睛，走進陽光的世界。她，是我在黃昏裏，永遠踩不到的影子。像夜來香，惑我走進黑夜的濃郁……」本書集結了龔華在〈中副〉發表的散文，篇篇情意真摯，意境深遠，值得細細品味。

⑯⑧ **說吧，房間**

林白 著

一個是離婚、失業的中年婦女，一個是愛熱鬧的單身貴族。兩個背景、個性迥然不同的女子，為何會發展出一段患難與共的交情？且看兩個女子的心情告白。本書在作者犀利細膩的筆調下，深刻描繪出都會女子的愛恨情仇、悲歡離合，值得細細品味。

⑯⑨ **自由鳥**

鄭義 著

六四事件的悲憤情緒才剛平復，對八九民運功過的批判聲音竟已隨之響起。對此，大陸流亡作家鄭義，以一幕幕民運歷程與鐵幕紀實，申訴著他的心痛與不平。文中流露對同胞的關懷和自由的嚮往，深深地牽引著每一個中國人心中的沈痛與感動。

⑰⓪ **魚川讀詩**

梅新 著

詩是抒情的天堂，但並非每個人都能領會其中的意涵。本書是梅新先生的遺作，首創以雜文式的筆調評論詩作，不依恃理論，反而使篇章更形活潑，有就事論事的評述，也有尖銳的諷喻，語帶機鋒，趣味盎然。引領您一窺知性與感性的詩情世界。

⑰1 好詩共欣賞

葉嘉瑩 著

本書作者葉嘉瑩教授，融會西方接受美學、符號學及中國詩論，來解讀陶淵明、杜甫、李商隱的作品，分析了三人作品的形象、情意和其中所含的隱微深意，並從興發感動讀者的角度來詮釋作品的成功與否，是喜愛古典詩的讀者不可錯過的好書。

⑰2 永不磨滅的愛

楊秋生 著

現代人的生活壓力大，使得人生危機四伏，生活充滿徬徨、疲倦和無力感。如何化解此一危機？作者以多年學佛的體驗，以及和家人朋友互動的點點滴滴，而了解到愛的真義，並希望能將愛分享給每個人，以重燃信心和希望。

⑰3 晴空星月

馬遜 著

大崙山上，晴空萬里，夜色如銀，星月交輝。作者因佛緣，追隨曉雲法師的步履，出掌華梵大學，以發揚佛教教育為己任。本書除叮嚀青年學子的話語外，還有對社會大眾闡發佛法精神的演講。其智慧的話語，如醍醐灌頂，為淨化心靈的一帖良方。

⑰4 風　景

韓秀 著

韓秀，一個出生於紐約，卻長年往返於世界各地的奇女子。在雅典、在開羅、在布達佩斯、在臺北、在高雄、在北京，作者皆能以其敏銳的心觀察她所造訪過的每一寸土地，以其向具纖細的筆觸，使一幅又一幅的動人「風景」躍然出現在您的面前！

⑰5 談歷史 話教學

張元 著

作者以二位高一新生對歷史課程的困惑為引子，藉著師生座談對話的方式，從北京人時代到西晉，針對高中歷史教材，試圖以「史料閱讀」的方法鮮明地建構各代的歷史圖像，在活潑的對白間既談歷史意涵又話歷史教學，相當適合高中教學的參考。

⑰6 兩極紀實

位夢華 著

任何人想要親臨兩極之地恐怕都不是件容易的事。作者因從事研究工作之便，足跡跨越兩極，將在極地所見所聞之動物奇觀、自然景致乃至當地所受文明衝擊，或以幽默輕鬆，或以深沈關懷的筆調娓娓道來，是無緣親至極地的讀者絕不可錯過的佳作。

⑰7 愛是心甘情願

夏小舟 著

世上只有兩種人，男人和女人。然而男女之間的恩愛情仇，卻糾葛難解。本書作者以一篇篇幽默的短篇故事，道盡世間男女的愛恨嗔痴。在她細膩委婉的筆下，愛情的本質和婚姻的面貌都一一呈現，必可帶給你前所未有的感受與體悟。

⑰8 時間的通道

簡宛 著

「人生，是一條時間的通道，每一個人所走的方向和目標雖然不一樣，但是經過的路程卻是相似的……」當人們沈溺於歲月不待人的迷茫和感嘆時，作者平實的筆調將帶著我們對生活多用一點心思和一點執著，會使我們的「通道」裏，留下一點痕跡。

⑰⑨燃燒的眼睛

簡宛 著

作者以自身多年來在美國的異域生活為背景，輔之敏銳的觀察力、豐富的情感、濃郁深摯的筆調，從而幻化出一篇篇感人肺腑的故事。尤其對於旅居海外異鄉遊子們的心境描寫更是深刻動人，是一本值得再三玩味的小說。

⑱⓪月兒彎彎照美洲

李靜平 著

沒來美國時還不知那生活啥款；來了才知樣——啊！真夭壽！ 來到美國，是穿梭在黑白紅黃人群間；或在房裡看華語電視？是在壁爐邊吃耶誕大餐；還是窩伴著一桌熱火鍋？在忙碌的陽光下，可想起夜空裡一彎新月？月兒彎彎，訴說的又是誰的故事？

⑱①愛廬談諺詩

黃永武 著

諺詩，是指用諺語聯成的詩，由於聯接巧妙加上意外組合，因此往往會有不可料想的妙趣出脫。如捉豬上板櫈，走馬看天花；成人不自在，做鬼也風流，等等。本書將帶你悠遊中國式幽默，探索諺語的源頭，喜愛好書的你，可千萬不能錯過！

國家圖書館出版品預行編目資料

飄泊的雲／莊因著.--初版.--臺北市
：三民，民87
面；　公分.--(三民叢刊；154)
ISBN 957-14-2776-4 (平裝)

855　　87000688

網際網路位址　http://Sanmin.com.tw

著作人　莊　因
發行人　劉振强
著作財產權人　三民書局股份有限公司
臺北市復興北路三八六號
發行所　三民書局股份有限公司
地　址／臺北市復興北路三八六號
電　話／二五〇〇六六〇〇
郵　撥／〇〇〇九九九八——五號
印刷所　三民書局股份有限公司
門市部　復北店／臺北市復興北路三八六號
重南店／臺北市重慶南路一段六十一號
初　版　中華民國八十七年二月
編　號　S 85369
基本定價　叁元肆角
行政院新聞局登記證局版臺業字第〇二〇〇號

ISBN 957-14-2776-4 (平裝)